瑞蘭國際

淡江大學日文系教授
曾秋桂博士、落合由治博士 著

日文論文寫作寶典 初級

（原書名：我的第一堂日文專題寫作課 全新修訂版）

推薦序

　　三十年前，筆者與曾秋桂和落合由治兩位教授相識於日本廣島大學。因共同的求學理想與對學術的熱忱，我們在異地成為一生摯友，彼此扶持、相互砥礪，情誼深厚至今更甚。

　　秋桂教授自攻讀博士起，便以嚴謹學風與責任感自勉，返臺後長年耕耘於淡江大學日文系，曾擔任台灣日本語文學會理事長、台灣日語教育學會理事長、淡江大學日文系系主任，對學界貢獻卓著；落合教授性格溫厚、思慮縝密，對學生一向循循善誘、悉心指導，深受敬愛，於淡江大學任職近30載，從講師而至特聘教授，曾擔任臺灣日本語文學會理事、臺灣日語教育學會理事，學術成就斐然，雖於2022年因病辭世，但其學術風範永存學界與人心之中，成為後輩景仰的典範。兩位教授更於2014年創辦「淡江大學村上春樹研究中心」，建構台日間的村上春樹學。

　　多年來，我們聚首交流時，談論的主題之一為台灣學生學習日文的困境。兩位教授尤為關心學生在日文論文寫作上常感吃力，從無從下筆到結構鬆散、邏輯不足，種種瓶頸令人困擾。為協助學生打下穩固基礎、逐步累積進階能力，兩位教授傾注多年教學經驗與智慧，先後完成了《我的第一堂日文專題寫作課》與《我的進階日文專題寫作課》兩本書，體現了對學術傳承與後進提攜的深切期盼。

　　首部著作內容由淺入深、層次分明，從基本格式、標點運用到資料引用與報告撰寫，循序漸進、結構嚴謹，逐步掌握日文報告與論文的寫作要領，助益初學與初階學習。進階續作更進一步，聚焦於如何提升思辨能力、鋪陳論證，系統化梳理學術論文的內涵、脈絡與層次，範例豐富、解說清晰，重視實作與自我檢驗，使寫作之路不再晦澀難行，每位學生都能在反覆練習中累積實力，見證自己的進步。

學生的成長與進步，是教師最大的喜悅與動力。秋桂教授與落合特聘教授以不懈的堅持與深厚的學養，為台灣日文學習者提供一條扎實而明晰的寫作途徑，堪稱同類書中難得的典範。無論大學生、研究生，抑或自學者，只要悉心研讀，反覆演練，都能突破寫作障礙，建立邏輯思考，逐步培養獨立撰述論文的信心與能力。

　　《我的第一堂日文專題寫作課》與《我的進階日文專題寫作課》絕非僅是工具書，更是陪伴在學習旅途中，隨時可以翻閱、反覆咀嚼的溫暖明燈。兩位教授將多年心血與教學智慧傾注其中，期許學習者從中找到方向、增添信心，踏實累積日文寫作的底蘊與實力。衷心推薦重新修訂這兩本著作的《日文論文寫作寶典 初級》、《日文論文寫作寶典 進階》給所有對日文專題與論文寫作抱持熱忱的學生，相信此書能提供明確指引，成為堅實後盾。未來更盼系列續作相繼問世，持續陪伴更多學習者走得更穩、更遠，共築日語學習的廣闊天地。

中央研究院 民族學研究所 研究員兼所長

周玉慧

謹識於2025年6月

推薦序

秋桂老師長年專注於日本文學的研究，特別是夏目漱石的作品，累積了豐富的成果，也不斷探索AI與文學之間的關聯。在教學方面，她耐心指導學生，幫助他們完成有深度的研究論文，許多學生如今也在學術領域嶄露頭角。

落合老師專精日語語言學，對論文寫作有敏銳的觀察力與深厚的功力。他的文章常獲日本學者讚譽，文筆之美令人讚嘆。兩位老師因在廣島大學結識而結緣，共同走上學術與人生的旅程，也攜手於淡江大學教學相長。

秋桂老師與落合老師合著的《我的第一堂日文專題寫作課》是國內少有專門介紹日文研究報告與論文寫作的教材。許多學生在撰寫日文時常不清楚基本格式，如標點符號的使用、註腳、引用方式等，這本書正好為此提供清晰的說明與範例。

後續出版的《我的進階日文專題寫作課》則針對大學高年級及研究所課程進一步深入，從架構、論述技巧、圖表運用、資料整理到結論撰寫等，一一拆解，內容實用而完整。

如今，這兩本書重新修訂出版為《日文論文寫作寶典 初級》、《日文論文寫作寶典 進階》，不僅是學生寫作的實用工具，也能作為教師指導的參考範本。對於正準備撰寫研究報告、畢業論文，甚至計劃出國發表的學生來說，這兩本書將是值得珍藏、隨時翻閱的良伴。

誠摯推薦給每一位想在日文學術寫作上更進一步的讀者。

東吳大學日文系教授

林雪星

2025年6月 於外雙溪研究室

作者序

　　早年隻身赴日本攻讀博士時，因當時國內日文系課程根本沒有論文寫作課，也未有機會被教導如何寫碩士論文、博士論文。因此在他鄉異地求學的路上，跌跌撞撞、坎坷不堪。當時曾發下宏願：「如果有朝一日學成歸國，有機會站在講台上執教鞭授課的話，必定要盡全力完善地教導學生如何撰寫基本的研究計畫書、報告書。」一路以來，熱誠絲毫不減，終於努力達成宿願。

　　時代更迭，國內升學風氣盛況不再，出國攻讀博士風潮也氣勢漸弱，於是撰寫基本的研究計畫書、報告書的需求越來越少，或是被要求的標準逐漸降低。大學生，甚至碩士生的邏輯推論能力薄弱令人擔憂。不得不強調的是，時代氛圍雖然改變，相形之下日文論文寫作課程，形同稀有珍寶，一枝獨秀，是不可或缺的硬實力。

　　有鑑於此，有了您手上的這本《日文論文寫作寶典》。本書分為「初級」和「進階」，其中《日文論文寫作寶典　初級》是教授如何撰寫研究計畫書（或企畫書），而《日文論文寫作寶典　進階》則是教授以研究計畫書（或企畫書）為根基，延伸完成論文。閱讀本書，有助於從無到有創造出有形的研究計畫書（或企畫書），甚至攻頂完成論文。本書曾幫助過日文系或非日文系許多莘莘學子們赴日攻讀博士學位，實現夢想。夢想並非遙不可及，但如果沒有此基本功夫的論文寫作訓練邏輯推論，即使可以運用AI技術，或者AI再厲害，也很難被AI大師度化。

　　千里之行始於足下的一步，此書將陪你昂首向前，勇敢逐夢。只要活出擁有思辨能力的人生，就能活出彩色的人生，成為世界唯一、與眾不同的存在！

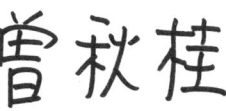

2025年6月16日

はじめに

　台湾に来て、日本語を教える仕事に就いたのは、今から16年前のことです。当時はインターネットもメールもなく、グローバル化はまだまだゆっくりしたペースで、古き良き時代の雰囲気が台湾のあちこちに残っていました。その時代は日本語関係学科もまだ少なく、台湾の日本語関係の学会活動をするメンバーも僅かで、日本語関係の大学院に進学する学生達も少数でした。研究発表をする大学関係者も限られ、1990年代に日本に交流協会の奨学金で留学した学生達も、当時の日本社会の慣習で博士号取得が非常に難しく、台湾における日本関連の研究は、まだ蕾の状態と言っても過言ではありませんでした。

　しかし、2000年代になると時代はまったく変わり、台湾での民主化の進展で、日本ブームと同時進行で日本語教育が発展し、開設された日本語関係の大学の学科は40余り、大学院も10以上に増え、人口比での日本語を学ぶ大学生たちの数は、世界有数の水準に達しています。私費や交流協会奨学金で留学し、見事に博士号を取得して帰国する卒業生も急増しています。その一方で、日本語の読み、書き、聞き、話し、訳す能力は言うに及ばず、日本文学、語学、教育、社会文化、歴史等に関わる日本関連研究の知識と水準は、飛躍的に向上しました。語学力と同時に専門知識と調査研究能力が、日本語関係学科の大学院生にはもちろん、学部卒業生にも求められているのです。

　変化は実業界でも同様で、グローバル化の進展で1500社を超える日本企業が、台湾で営業して日本関連のビジネス需要は急速に拡大しています。同時に、日本語力と専門的知識の要求も高まり、日本語能力試験N1ばかりでなく、パソコンで高度の文書資料作成ができたり、多様なビジネス場面に対応できる調査、判断、発見、整理の知的能力などが要求されるようになりました。それは異文化間の高度なコミュニケーション能力養成にも深く関わっています。

グローバル化で、異文化コミュニケーションが生活の一部になりつつある新しい時代に対応するために、大学卒や大学院卒の日本語人材には、留学・進学のための研究計画の書き方、または日本語での論文やレポートの書き方を知ることは、自分の未来を広げるために必須の、パスポートのひとつになりつつあります。そこで、そのパスポートへの基本的手引きとして、本書を作成しました。この本を使うことで、留学や進学、就職活動などで、みなさんが「未知の知」の可能性に挑戦してくれることを願ってやみません。

淡江大学日本語文学科教授

落合由治

2010年7月
淡水河畔にて

如何使用本書

Step 1
透過「課程主題」與「學習重點」，了解學習方向！

課程主題

要讓一份專題報告或學術論文從無到有，跟著課程主題逐課學習，必能學會所有撰寫時必備的基本知識與技巧！

學習重點說明

透過條列式的說明，可一目瞭然，迅速掌握該課所有學習重點！

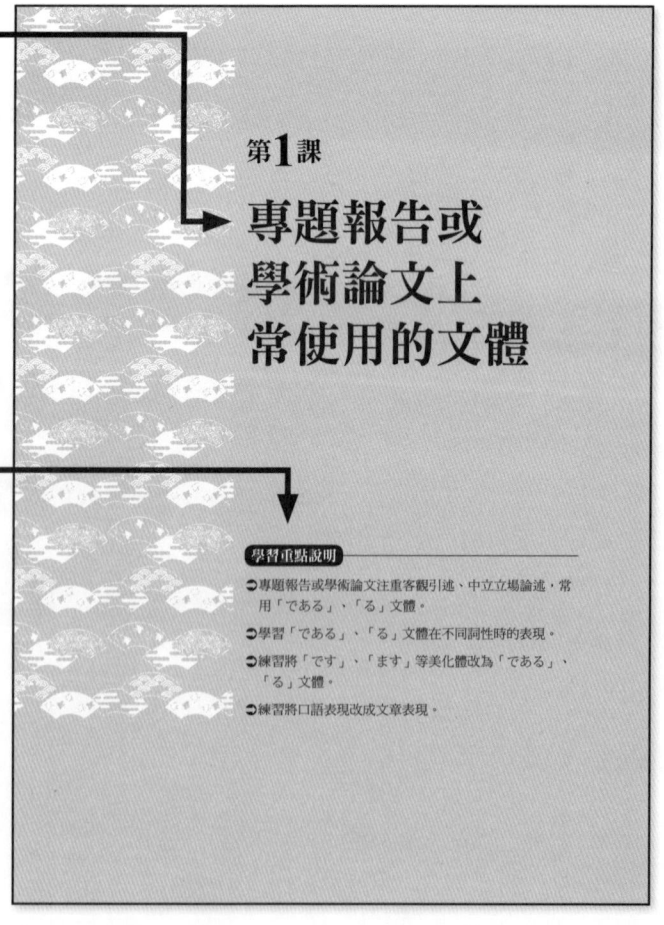

第1課
專題報告或學術論文上常使用的文體

學習重點說明
- 專題報告或學術論文注重客觀引述、中立立場論述，常用「である」、「る」文體。
- 學習「である」、「る」文體在不同詞性時的表現。
- 練習將「です」、「ます」等美化體改為「である」、「る」文體。
- 練習將口語表現改成文章表現。

Step 2
透過「說明」與「用例」，進一步深入學習！

前文、內文說明

詳細的說明，就好像指導教授站在您身旁講解一樣。不清楚、不明白的地方，只要隨時翻閱，即可獲得最完整、最清楚的解答，不只上課，在家自修也能完全的學習！

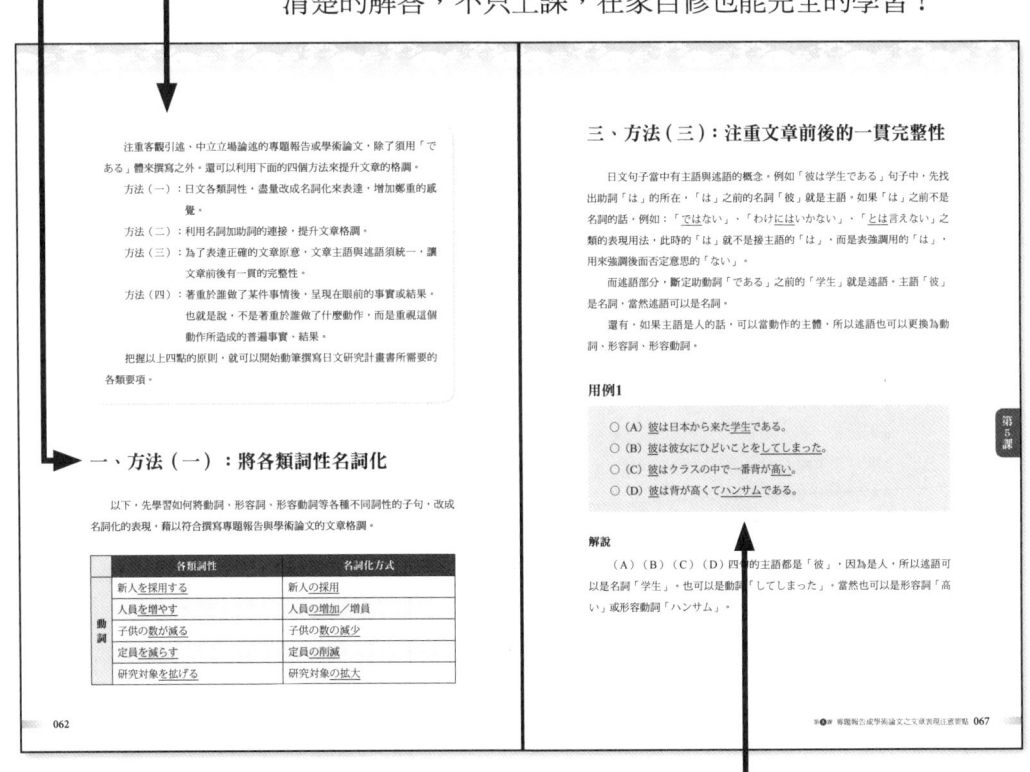

範例、例句、用例

凡是內文中所舉出的例子，皆用灰底黑字表示，與內文清楚區隔開來，好查詢、好學習。此外，範例皆具學習價值，特別是第15課的數篇研究計畫書範例，參考價值高！找範例，不用再上圖書館！

Step 3
透過「練習題」，驗收學習成果！

練習題、解答

　　學習完內容，試作一下練習題，測試自己吸收內容的程度吧！如果還是不懂，別擔心，掃描QR Code即可下載解答，讓您就算在家也可以隨時測驗自我實力！只要多練習，寫作論文更得心應手！

五、學習總複習

練習題（四）
請將下面句子改寫成「である・る」體文章表現方式。
1. 本当の事情ではありませんでした
2. 実態を十分に把握出来ていません
3. 探究します
4. 指摘しています
5. 示唆的でしょう
6. 不完全なのです
7. お役に立てば嬉しいです
8. お酒を飲むのはお好きですか
9. 年に三回出版するって言ってる
10. 集めてきた資料を再分類してみましょう
11. 人間の生存を脅かしていると言われています
12. 被害が大きかったです
13. 改善してください
14. 両者は親密な関係にあると言えましょう

028

解　答

目 次

推薦序 周玉慧研究員兼所長　　2

推薦序 林雪星教授　　4

作者序 曾秋桂博士　　5

作者序 落合由治博士　　6

如何使用本書　　8

初級

第1課	專題報告或學術論文上常使用的文體	15
第2課	找尋研究方向與訂定研究題目	31
第3課	日文句號、逗號的使用	41
第4課	日文文章常見各種標點符號與正確的格式使用	49
第5課	專題報告或學術論文之文章表現注意要點	61
第6課	日文參考書目羅列方式	81
第7課	日文加入註腳的方式	99
第8課	撰寫研究動機	109
第9課	日文引用格式（一）	121

第10課	日文引用格式（二）	139
第11課	撰寫先行研究	155
第12課	常見的研究方法與推論方式	171
第13課	撰寫研究內容與研究方法	181
第14課	撰寫研究價值（意義）與今後課題	193
第15課	研究計畫書以及研究所課堂發表或是學術會議上口頭發表範例	203

參考文獻　241

初級

第1課

專題報告或學術論文上常使用的文體

學習重點說明

➲ 專題報告或學術論文注重客觀引述、中立立場論述,常用「である」、「る」文體。

➲ 學習「である」、「る」文體在不同詞性時的表現。

➲ 練習將「です」、「ます」等美化體改為「である」、「る」文體。

➲ 練習將口語表現改成文章表現。

在台灣接受的日語教育，往往是先從「です」體、「ます」體入門。然而，有機會去日本或是在台灣看日劇，常常會發現日本人大多使用「だ」體、「る」體。沒錯！和長輩、客戶、不熟悉的人面對面交談或是書信文、自我介紹信函中，大多是使用「です」、「ます」之類的美化體。在熟悉的朋友之間，則習慣使用「だ」、「る」之類的常體。

但是，在撰寫專題報告或學術論文時，經常是使用「である」體、「る」體。這與專題報告或學術論文的屬性有關。因為專題報告或學術論文注重客觀引述、中立立場論述。於是，「である」體較上述「だ」體適宜，而「ます」體則須改成「る」體，才會符合撰寫專題報告或學術論文的要求。試著看看下面二篇的文章，給你有什麼不同的感覺？

一、文章屬性判別範例

A範例：「です・ます」體文章

　　台湾では、衣服の流行にはそれほどうるさくありませんが、食べ物の流行には、非常に敏感です。
　　日本でも、ある時期、爆発的にある食品が流行したことがあります。覚えているものでは、小学生の頃あった、紅茶キノコのブームです。健康食品の始まりだったのかもしれません。向田邦子のエッセイにも「おだぶつになってだめ」と出ていました。作り方をテレビで放送していたのを思い出します。母は、そんなもの作ってどうするのと言って、取り合いませんでしたが、話題は暫く続きました。

B範例：「である・る」體文章

　　台湾では、衣服の流行にはそれほどうるさくないが、食べ物の流行には、非常に敏感である。
　　日本でも、ある時期、爆発的にある食品が流行したことがある。覚えているものでは、小学生の頃あった、紅茶キノコのブームである。健康食品の始まりだったのかもしれない。向田邦子のエッセイにも「おだぶつになってだめ」と出ていた。作り方をテレビで放送していたのを思い出す。母は、そんなもの作ってどうするのと言って、取り合わなかったが、話題は暫く続いた。

　　同樣一篇文章的內容，用不同文體所寫成的A文章範例與B文章範例，給予你什麼樣的感覺呢？A文章範例傳達出與人面對面說話的鄭重感覺，而B文章範例很明顯地就是用於專題報告時的口吻。

二、詞性不同的「である・る」體的表現方式

	現在式			過去式		
	肯定句	否定句	推量句	肯定句	否定句	推量句
名詞	目的である	目的ではない	目的であろう	目的であった	目的ではなかった	目的であったろう
形容動詞（ナ形容詞）	有意義である	有意義ではない	有意義であろう	有意義であった	有意義ではなかった	有意義であったろう
形容詞（イ形容詞）	面白い	面白くない	面白かろう	面白かった	面白くなかった	面白かったろう
動詞	究明する	究明しない	究明するであろう	究明した	究明しなかった	究明したであろう

　　日文文章美化體的表現方式，會因詞性不同而有不同的接法。例如名詞、形容動詞、形容詞後面加「です」，動詞後面則加「ます」。更明確地說應該是動詞的第二變化（連用形）後面加「ます」。如果完全要將「です・ます」體改寫成「である・る」體時，名詞、形容動詞後面的「です」要改成「である」，而形容詞後面的「です」直接刪除即可。像是將「美味しいです」寫成「である」體，直接刪掉「です」，寫成「美味しい」就對了。注意！形容詞「美味しいである」的用法是不正確的。

　　而「である」的否定形用法，則將「である」改成「ではない」。

　　「である」的推量形用法為「であろう」。這也只限於前面接名詞、形容動詞、動詞時的改寫原則。當前面接形容詞時，剛剛提過是不需要加「である」。於是，直接用形容詞的基本變化來操作即可。否定形用法為去掉語尾的「い」改成「く」，再加上表否定意思的「ない」。而推量形用法為去掉語尾的「い」，改成「かろう」即可。

若上述用法要用過去式表現時，「である」的過去式用法為「であった」，否定句「ではない」的過去式用法為「ではなかった」，「である」的過去式「であった」的推量形為「であったろう」，而「ではない」的過去式「ではなかった」的推量形為「ではなかったろう」。必須注意這也只限於前面接名詞、形容動詞時的改寫原則。

　　如果形容詞要用過去式表現時，與「である」無關，直接用形容詞的基本變化來表現即可。而過去式否定形用法為去掉語尾的「い」，改成「かった」。過去式推量句為「かったろう」，否定句過去式推量句為「くなかったろう」。

　　接下來說明動詞的改寫。動詞後面本來就不能加「である」，直接用動詞第三變化（終止形）的常體來表示即可。動詞的否定句則為動詞第一變化（未然形）加上「ない」，不用再加「である」。推量形則為動詞第三變化（終止形）加上「であろう」。動詞的過去式則為動詞第二變化（連用形）加上「た」。此時會不會產生音便，端看該動詞是不是特殊的五段動詞了。「カ行」、「ガ行」的二種五段動詞連用形遇到接「て」（中止形）、「た」（過去式）、「てから」（表之後）、「たり」（表動作列舉），會產生「イ音便」。而「バ行」、「ナ行」、「マ行」三種五段動詞連用形來接續的話，則會產生「鼻音便」（ン音）。「タ」、「ワ」、「ラ」三種五段動詞連用形來接續的話，則會產生「促音便」（ッ音）。過去式推量形則為動詞第二變化（連用形）加上「た」之後，再加上「であろう」。而過去式否定句則須先找出該動詞的否定句（動詞第一變化（未然形）加上「ない」），再去掉語尾的「い」，改成「かった」即可。有把握完全理解了嗎？做做下面的練習題，來測試看看吧！

練習題（一）

請將以下不同詞性的單字，用「である・る」體來表示。

不同詞性的單字	現在式 肯定句	現在式 否定句	現在式 推量句	過去式 肯定句	過去式 否定句	過去式 推量句
課題						
示唆的						
興味深い						
結論を出す						

三、將「です・ます」體改寫成「である・る」體

「です・ます」體（美化體）	「である・る」體
見事なのです	見事なのである
時代背景なのではありませんか	時代背景なのではないか
普通でしょう	普通であろう
考察します	考察する
確認してみましょう	確認してみよう
再検討しましょう	再検討しよう
分類してください	分類してほしい
お金を貯めることは大事です	貯蓄は大事である
お力になります	力になる

　　看過以上改寫成「である」體的範例之後，相信應該有些初步的認知了。在此不再重複同樣的內容，僅說明「ます」體或美化體改寫成常體的部分。一個字會有「ます」，當然表示其本身的詞性為動詞。要將「ます」體改寫成常體時，先找出該動詞的原形動詞。而「ます」的推量形「ましょう」，則須改成常體的意志形「う／よう」。而「てください」則須改成「てほしい」較為適當。如果單字本身習慣加「お／ご」的敬語表現方式，也要直接刪除「お／ご」。

**練習題（二）**

將下列「です・ます」體改寫成「である・る」體。

「です・ます」體	「である・る」體
立派なのです	
資料分析なのではありませんか	
一般的でしょう	
比較します	
対照してみましょう	
再評価しましょう	
証明してください	
本書がお役に立てば幸いです	

四、將口語表現改寫成文章表現

	口語表現	文章表現
名詞	私／僕／わたし／わたくし	論者／筆者
	この論文	本論文
	この発表	本発表
	この章／この節	本章／本節
	次の章／次の節	次章／次節
	この間／この頃	近年／最近
	どんな手段	いかなる手段
動詞	後で詳しく述べる	後で詳論する
	後で述べる	後述する
	前に言った	前述した／上述した
	最新の学説を使う	最新の学説を援用する 最新の学説を用いる
	やる	する
接續詞	だから、影響力が大きい	従って／そのため／それ故、影響力が大きい
	だけど／けど、論究が十分ではない	しかし／だが、論究が十分ではない
	立派だけど、使い物にならないね	立派ではあるが、使い物にならない
連接二個子句	手順を考えて、述べる	手順を考え、述べる
	資料が揃っていて、書きやすい	資料が揃っており、書きやすい
	調査をしないで、結論を出す	調査をせずに、結論を出す
	人の意見ばかりを聞かないで、自分で思考する	人の意見ばかりを聞かずに、自分で思考する
	分量も多いし、質も悪くない	分量も多く、質も悪くない

	口語表現	文章表現
副詞	いっぱい／沢山	数多く／多く
	ちょっと	少し
	ちっとも	少しも
	とっても／とても／すごく／すっごく	大変／非常に
	あんまり	あまり／それほど
	もう一回／もう一度	再び／再度
	だんだん	次第に
	どんどん	急速に
	ゆっくりと／ゆっくり	徐々に
	全然／ほとんど	全く
	いきなり	急に
	いちいち	逐次
	どう	どのように／如何に（いかに）
	どうして	何故（なぜ）
助詞	とか〜とか〜など	や〜や〜など
	AとB	A及びB／A並びにB
簡縮語	簡単じゃない	簡単ではない
	考察しなくちゃならない	考察しなくてはならない
	注意しなきゃならない	注意しなくてはならない
	見逃しちゃった	見逃してしまった
	述べといた	述べておいた
	分析してる	分析している
	参考になるって書いてある	参考になると書いてある

以下依照名詞、動詞、接續詞、接續二個子句、副詞、助詞、簡縮語的順序，特別注重劃線部分做說明。論文中提到自己，不要像寫作文一樣用第一人稱的「私」來稱呼，應該以「論者」或「筆者」自稱比較鄭重。但請記得，全篇論文須統一成一個自稱的方式，一開始用「論者」就依此自稱到底。不要中途改變說成「筆者」，這樣會讓閱讀者以為突然又出現另一個人而摸不著頭緒。另外如果是做口頭發表的話，那就不稱自己為「論者」，而是自稱為「発表者」。當提到該篇論文或章節時，不要用太口語化的「この論文／この章／この節／次の章／次の節」來表達，建議說成「本論文／本章／本節／次章／次節」較為正式。如果是做口頭發表的話，則自稱這次的發表為「本発表」。「どんな」也太過口語化了，建議改成「いかなる」。

　　而動詞的「後で詳しく述べる」亦顯得太口語化了，改成「後で詳論する」較為妥當。「後で述べる」也是相同，用「後述する」來表達更佳。而「前に言った」的情形也是相同，「前述した」或「上述した」會更適合文章上的使用。「最新な学説を使う」，將動詞「使う」改為「援用する」或「用いる」，會更符合學術文章的要求。「やる」很明顯是口語表現，文章上應該用「する」較適宜。

　　接續詞「だから」為順接的口語用法，用於文章表現時，請改為「従って／そのため／それ故」。而表逆接意思的口語用法，假如是位在句子開頭的「だけど／けど」，用於文章表現時，請改為「しかし／だが」。而表逆接意思的口語用法，假如是位在句子結尾的「だけど／けど」，用於文章表現時，則請改為「ではあるが」。

　　連接二個子句的情況，如果動詞或形容詞的話，可以用其連用形加「て」中止形表現用法，表承上接下的意思，但較為口語化。用於文章表現時，則請改為動詞或形容詞的「連用形」之後再加逗號「、」為佳。而強調存續狀態的「ていて」的用法，則請改為「ており」為宜。此時的「おり」是由「おる」的變化而來，並非是強調「おる」是「いる」的謙讓用法的意思。用於文章表現時，「ており」來替換「ていて」的情況是常見的。而口語表現的「ないで」，則請改為

文章表現法的「ずに」為佳。無論「ない」或「ず」都是否定的意思，只不過「ずに」的表現用法，更適合書寫文章時表現。

而表格中副詞左欄所列的用法，很明顯是口語的表現方式，少用為妙。建議對照改成副詞右欄所列的用法為宜。像是「だんだん／どんどん／ゆっくりと／ゆっくり／いきなりに」，也一併改成文章表現，較為恰當。口語表現的「どう」，應該改為「どのように／如何に（いかに）」，才能符合文章的格調。「どうして」的文章表現為「何故（なぜ）」。

而用於列舉名詞時使用的並列助詞「とか～とか～など」，顯得太過口語化，用「や～や～など」來替換會較適宜。而為了避免使用太過口語的表現，表並列的格助詞「と」可以用「及び」或「並びに」來替換，以提昇文章表現的格調。

有關簡縮語常常可以在日文對話中聽到，當然這些不適合當文章用語使用。「じゃ」相當於文章用語的「では」，「ちゃ」相當於文章用語的「ては」，「きゃ」則相當於文章用語的「くては」。而「ちゃった」相當於文章用語的「てしまった」，「といた」相當於文章用語的「ておいた」，「てる」相當於文章用語的「ている」。另外「って」相當於文章用語的「と」，表示引述的內容。

不妨做做下面的練習題，再多加深印象。

練習題（三）
將劃線的口語表現改寫成「である・る」體。

	口語表現	「である・る」體
接續詞	<u>だから</u>、貢献が大きい	
	<u>だけど／けど</u>、説明が十分ではない	
	発想はいい<u>んだけど</u>、論理的ではない<u>ね</u>	

	口語表現	「である・る」體
連接二個子句	プロセスを書いて、説明する	
	予備調査をしていて、書き始める予定だね	
	引用をしないで、結論を出す	
	人の論説ばかりを引用しないで、自分の意見を述べなさい	
	論文の構成もよいし、分量もとても多い	
副詞	参考文献がいっぱいある	
	ちょっと役に立つ	
	言っていることの意味がちっとも理解できない	
	とっても参考になる説なんだ	
	あんまり飛躍しすぎていて、全然ついていけない	
	もう一度5頁の資料に戻ってみよう	
	いきなり変化が起こった	
	変化がだんだん手に取るように明らかになってきた	
簡縮語	不十分じゃない	
	予備調査しなくちゃならない	
	事前に資料を読まなきゃならない	
	見過ごしちゃった	
	定義しといた	
	対照研究してる	
	担任の先生は『1Q84』が話題になっているって言ってる	

五、學習總複習

練習題（四）
請將下面句子改寫成「である・る」體文章表現方式。

1. 本当の事情ではありませんでした

2. 実態を十分に把握出来ていません

3. 探究します

4. 指摘しています

5. 示唆的でしょう

6. 不完全なのです

7. お役に立てば嬉しいです

8. お酒を飲むのはお好きですか

9. 年に三回出版するって言ってる

10. 集めてきた資料を再分類してみましょう

11. 人間の生存を脅かしていると言われています

12. 被害が大きかったです

13. 改善してください

14. 両者は親密な関係にあると言えましょう

**練習題（五）**

請將下列文章改寫成「である・る」體。

　　大学院にいた頃、「もつ鍋」が流行り出しました。テレビでは連日のようにその話題が出ていました。コンピューターや本代で食費が十分でなかった私を、ときどき御馳走に招待してくれた家内が「話題になっているから食べてみたい」と言うので、学生街の橋の付近にあるマンションの一階に、新しくできたその店に行ってみました。平日だったせいか、店内は人が少なかったです。コンロの上にタレと具が入った土鍋を載せて、食べました。味噌味でした。家内は、あまり好みの味ではなかったらしく、それほど食べなかったのを覚えています。

第2課
找尋研究方向與訂定研究題目

學習重點說明

- ➲ 學習找尋研究方向的訣竅。
- ➲ 漸進式接近研究題目。
- ➲ 訂定研究題目的技巧。
- ➲ 從他人的研究題目中獲得啟發。

近年來國內大學畢業後，繼續就讀研究所或是赴日深造的人數越來越多。大學教育與研究所教育是不同的。研究所需要的是本身先擬定一個研究題目，然後再找尋設立目標與此題目相符合的研究所就讀。赴日就讀研究所的情況，也是相同。

　　有些日文相關學系，在大學四年的期間會開設「畢業專題寫作與指導」或類似此科目的課程，藉以培養學生搜集資料、閱讀資料、研判資料，以及用日文撰寫、邏輯思考的能力。此訓練得以讓大學生，不論未來選擇就業或是升學，皆能具備上述基本能力，以獲得上司或師長的肯定。然而，有些日文相關學系，並未開設「畢業專題寫作與指導」或類似此科目的課程。也因此，這些在大學期間沒有撰寫畢業論文或相關課程的人，有朝一日在某個因緣際會之下，突然念頭一動想轉換人生跑道至進修一途時，心中難免會惶恐不安。

　　任何人都一樣，對於沒接觸過的東西，心中都會產生不安。訂定研究題目，像是無中生有，當然會信心不足、倍感困難。其實不必擔心，每個人都有與生俱來無限的韌性與潛能，只要用心開發的話，都可以如願以償。

　　本單元學習的重點，在於如何找尋研究方向與訂定研究題目。

一、專題報告、學術論文、研究計畫書的差異

　　台灣的日文學習者，開始用日文撰寫文章時，除了運用作文可以將所思所學寫入文章當中之外，還需要知道有更嚴謹的文章寫作，如專題報告、學術論文、研究計畫書等形式的文章撰寫。此三種形式的文章各自有其要求的要件。在撰寫時，符合各自要求的格式、文章架構是有必要的。因此，將此三種的差異彙整成下列的表格。

專題報告、學術論文、研究計畫書的差異：

（一）專題報告	（二）學術論文	（三）研究計畫書
1.例如：課堂或畢業專題報告 2.說明： 　上課所學習的內容為基本要件，之後再查詢相關資料、補充論點或整理諸論點後，簡單明示自己想傳達的主張、要點，就能算是課堂專題報告。也可以選擇喜歡的題目，搜集相關參考資料、文獻，根據某個必要性進行調查，之後整理出調查的事實以及要點，並客觀明示自己想傳達的主張、要點，就可以完成畢業專題報告。 3.題目範例： 「日本の祭り」、 「日本の食文化」、 「日本のアニメ」	1.例如：畢業論文 2.說明： 　選擇喜歡的題目，明確訂定考究的課題。搜集相關參考資料、文獻，根據某個必要性進行調查。之後整理出調查的事實以及要點，再從此調查出的事實以及要點中，找尋其規則性或特徵，而將之公諸於世。 3.題目範例： 「日本と台湾のマーケティング戦略の比較」、 「日本統治時代の台湾の農業」、 「日本語と中国語における授受表現の用法比較」	1.例如：升學用研究計畫書 2.說明： 　選定符合留學目的的研究題目之後，逐一說明研究目的、研究內容、研究意義。相當於要辦週年慶活動時所提交的企畫書一樣。 3.題目範例： 「バブル崩壊におけるサービス業界の再建」、 「少子高齢化が日本社会に与える影響とその対応」、 「トヨタのグローバル経営戦略の現状と課題」

以超商販賣御飯糰為例，簡單說明其間的差異性。調查並記錄台灣連鎖便利超商「全家」、「OK」、「萊爾富」、「7-11」等四家販賣的御飯糰的種類、價格、個數、獲利額，導出什麼口味的御飯糰比較受台灣人的歡迎，台灣人的消費趨勢為何之類的結果。這樣的撰寫，基本上就可以稱得上是專題報告（含課堂報告以及畢業論文報告）。如果以上述的專題報告方向，想進一步延伸的話，可以用專業的經營策略來考量氣候、商店地點、廣告、行銷手法、品牌名聲、人民所得等幾個觀點，來分析各家的經營策略。最後再分析、釐清某一家的御飯糰，為何能獨步領先群雄，成為龍頭的成功祕訣。切記除了參考專業的知識、搜尋基本資料以外，還要從中客觀地導出自己的意見。這樣方向的撰寫方式，就可以稱得上是學術論文。而撰寫研究計畫書，則先說明為什麼要選定該主題來研究，接下來稍微提及和該主題相關的研究現況。之後具體說明自己未來打算用怎麼樣的步驟進行該主題的研究，最後則稍微闡述該主題研究的必要性（價值或意義）。重點都陳述了，基本上已經可以說是一份不錯的研究計畫書了。

　　總之，專題報告是將查到的資料，整理其中要點而報告出來。學術論文則是在某研究課題之下，查到相關資料，考察其中的異同，並客觀論述其存在的意義或撰寫者的意見。兩者間的差異，在於撰寫者是否明確表達自己的意見。當然撰寫者的意見，絕非是空穴來風，而是客觀分析、印證後所得的結果。研究計畫書則還要擬定規劃未來即將研究的大略方向。

二、找尋研究方向的訣竅

　　首先捫心自問：「到底自己喜歡什麼？為什麼要進研究所？為什麼要寫論文？」找尋研究方向不外乎要考量：（一）興趣本位、（二）結合未來的出路、（三）參考資料的多寡等三點。選定研究方向就像選擇結婚伴侶一樣，不喜歡便很難長時間相處下去。所以在尋找研究方向時，第一點須考量自己的興趣、自己的專長、才能是什麼？如果怎麼也找不到答案，可以反向思考自己討厭的是什麼？自己最不在行的是什麼？用消去法來找尋，也能達到同樣的目的。

　　第二點須考慮結合未來的出路。一位初學者，因為沒有撰寫過專題報告或學術論文的經驗，等於沒有太多的子彈，不適合作軍事演習，只能直接實彈上場。又因沒有充分的時間，不能左顧右盼，唯一能做的就是集中攻擊，達成目標。於是，結合未來的出路就是現況的最佳選擇。如果畢業後決定就業的人士，就選擇最想進入的行業或公司，利用大學四年級一年的時間，弄清楚該行業或該公司的實際狀況，屆時找工作面試的時候就可以派得上用場，且於口試時也可以當面交付撰寫成品，增加競爭能力。據畢業後利用此方式推銷自己而順利就業的畢業生轉述，上司都會因此而留下深刻的印象。如果畢業後決定升學進修的人士，就選擇最想進入的國內或國外的研究所，掌握該研究所設置的方向以及師資的專攻領域之後，再訂定該領域的研究方向，會比較有勝算。

　　以此二點粗略決定研究的大方向之後，最後定案仍取決於第三點參考資料、文獻多寡的問題。因為**參考資料、文獻的多寡**，將決定研究是否容易順利達成。就像缺乏食材，又如何能做出山珍海味的菜餚呢？接下來就是要勤跑圖書館或上網搜尋相關參考資料、文獻。

找尋研究方向訣竅：

要訣	說　明
（一） 興趣本位	如同長期抗戰，不喜歡的話很難持久
（二） 結合未來的出路	集中使力，一路暢通，勝券在握
（三） 參考資料、文獻的多寡	最後定奪研究題目的先決條件

三、漸進式接近研究題目

　　決定研究的大方向之後，大略決定五個左右暫定的題目，依喜歡程度，將暫定的題目排列順序如下：「1、2、3、4、5」，之後再勤跑圖書館或上網搜尋相關資料、文獻，並將搜尋到的相關資料，依數量多寡排列題目的順序。如果排列的順序成為「5、4、2、3、1」的話，記得資料最多不見得是唯一的選項。比如說自己最不喜歡的第5個暫定題目，卻是資料最多；而自己最喜歡的第1個暫定題目，又是資料最少。在喜好程度與資料多寡的權衡之下，建議可以選擇第2個暫定題目或第3個暫定題目當研究題目。這當然是僅供參考，如果還是決定用第1個暫定題目當作研究題目的話，也不是絕對不行。只要先有未來可能會因資料缺乏，在研究上會有諸多困難的心理準備，並有突破困難的覺悟就可以了。

四、訂定研究題目的技巧

在綜合考量興趣本位、結合未來出路、參考資料多寡等三點之後,接下來就是進入訂定題目的程序。訂定題目有下列三點的技巧。

訂定題目的技巧:

技　巧	說　明
(一) 大小兼備	日本人研究喜歡專精深入,因此題目看來非常狹隘。而台灣人研究喜歡浩瀚磅礡,因此題目看來雄偉廣博、摸不著頭緒。為了解決彼此的困境,可以安排雄偉廣博的主標題,再用副標題將研究題目更具體化,以達到大小兼備的效益。
(二) 名詞結尾	名詞結尾有四平八穩之感,絕對避免用「る」來結尾。更不要用「！」、「？」來結尾。因為這樣的標題,類似為了吸引眾人目光的廣告用詞,不適宜當學術論文的標題來使用。
(三) 善用副標題	可以達到題目具體化的效能。建議善加利用「について」、「を中心に」、「をめぐって」、「を探って」、「を探求して」等用法。

沒有比研究題目更具體化,再好不過的事了。道理很簡單,就跟出國旅遊一樣。光只是模糊說了一個洲名或一個國家名,不具體確定搭乘飛機的起降地點的話,是無法開票、順利出國旅遊的。為了保障之後的每一步好走、撰寫論文進行順利,研究題目最好更具體、更明確一些。請參考下列從期刊論文中節錄出的題目,當作學習模仿範例。

五、期刊論文中節錄出的研究題目範例

（一）歴史小説としての張文環『地に這うもの』
　　　——二つの歴史的事件に遭った台湾人の表象——
（二）新聞報道記事の「客観性」におけるジャンル特性
　　　——「社会的出来事」のテクストへの反映の視点から——
（三）聴解習得に関する一考察
　　　——NHK『週刊こどもニュース』を中心として——
（四）作文指導への思考マップの導入の可能性
　　　——「作文Ⅰ」の授業での実践から——
（五）日本語読解教育におけるテクスト・リーディング
　　　——二つのモデルの有効性——
（六）太宰治『津軽』論
　　　——「表」と「裏」の作品構造について——
（七）日本語感情形容詞の使役表現についての一考察
　　　——中国語との対照分析——
（八）志賀直哉「いたづら」論
　　　——漱石『坊つちやん』に触れつつ——
（九）「可能動詞＋ている」の意味について
　　　——実現可能と潜在可能との関わりも含めて——
（十）濱田隼雄の『南方移民村』における知識人の人物像
　　　——医者神野珪介を中心に——

　　從上面舉出的研究題目範例中，有沒有注意到大多是利用名詞結尾，還有利用副標題把研究題目更具體化，使人一眼就可以大概掌握該論文的內容？有些標

題題目過大,幾乎不是短時間能完成,甚至範圍大到可以當作博士論文的題目來撰寫,所以並不適合。在學習初期,不適合訂定題目過大的題目,千萬不要好高騖遠,要從具體之處著手,才會有所斬獲,並從中獲得寶貴的經驗,開拓客觀的視野,培養對研究的自信。

練習題
仿照前述重點,試著列出幾個自己想研究的題目。

第3課
日文句號、逗號的使用

學習重點說明

➲ 認識日文常見標點「句號」、「逗號」的含意。

➲ 學習隨著「句號」、「逗號」標點符號的位置不同,句子意思也會有所改變。

➲ 標示日文「句號」、「逗號」標點符號的原則。

➲ 為了清晰將主旨表達出來,練習正確的標點符號標法。

日文文章中的符號，常見有「句號」、「逗號」二種。在適當的位置標示正確符號的話，除了可以讓文章的主旨更加明確，還能讓意思更準確地傳達出來。專題報告或學術論文重視主旨明確，最忌諱語意不明、意思曖昧、模稜兩可的情形。

　　本單元將學習如何正確使用日文的符號，傳達出明確的意旨。

一、日文文章常用符號的說明

常用符號	說明
。（句號）	標於句子結束時。 例如：今年こそ日本へ留学するつもりだ。
、（逗號）	標於句子的中間，稍微中斷句子。使句子結構更明朗，語意更清晰容易瞭解。 例如：今年こそ、日本へ留学するつもりだ。

二、標點符號的位置不同，文句語意也會隨之改變

A例句

1. 彼は、不思議そうに冒険談を続けている彼女の顔を見ていた。
   他看著，一副不可思議地持續談論著冒險經驗她的臉龐。
   （現出不可思議表情的人是「她」）

2. 彼は不思議そうに、冒険談を続けている彼女の顔を見ていた。
   他一副不可思議地，看著持續談論著冒險經驗的她的臉龐。
   （現出不可思議表情的人是「他」）

※ 二句話因逗號的位置不同，「意思」也產生微妙的差異性。

B例句

1. ステーキと、飲み物またはお菓子をお選びください。

   請點選牛排,再加飲料或者點心。

   (可點選①「牛排」加上②「飲料」或是「點心」其中之一。換言之,可以點選「牛排」加「飲料」的組合,或是「牛排」加「點心」的組合。)

2. ステーキと飲み物、またはお菓子をお選びください。

   請點選牛排再加飲料,或者點心。

   (可點選①「牛排」加上「飲料」,或是②「點心」其中之一。換言之,可以點選「牛排」加「飲料」的組合,或是單項「點心」。)

※ 二句話因逗號的位置不同,可選擇的「空間」亦有不同。

C例句

1. その時に、母に「ありがとう」と言っておけばよかったのにと思った。

   那時候,我懊惱地想著:如果我當面向母親說聲「謝謝」就好了。

2. その時に母に「ありがとう」と言っておけばよかったのに、と思った。

   我懊惱地想著:那時候如果我當面向母親說聲「謝謝」就好了。

※ 二句話因逗號的位置不同,向母親說聲謝謝的「時間點」亦有差異。

練習題（一）

比較下面標點符號位置的不同，文句語意會產生什麼改變？

1. ① 木下さんは木村さんのように格好はいいが、よく忘れ物をする。
   ② 木下さんは、木村さんのように格好はいいが、よく忘れ物をする。

2. ① 祝賀会の最中に、皇太子が誕生されたというニュースを聞いた。
   ② 祝賀会の最中に皇太子が誕生された、というニュースを聞いた。

三、日文文章「句號」、「逗號」使用原則

各類情況	用例說明
（一） 一大串的假名或漢字連接在一起，文意不容易判別的時候	1.用例： 　訓練を積み重ねた本チームは弁論大会ではなばなしい活躍をした。 2.改成： →訓練を積み重ねた本チームは、弁論大会で華々しい活躍をした。 　或 →訓練を積み重ねた本チームは弁論大会で、はなばなしい活躍をした。
（二） 更明確區分修飾語與被修飾語間的關係	1.用例： 　観光バスが故障して信号を待っている乗用車にぶつかった。 2.改成： →観光バスが故障して、信号を待っている乗用車にぶつかった。
（三） 接續詞之後（従って、また、要するに、ところで）	1.用例： 　予定通り朝早く卒業式に出た。ところが大雨のために中止になった。 2.改成： →予定通り朝早く卒業式に出た。ところが、大雨のために中止になった。
（四） 中止形	1.用例： 　海外で苦労して集めて来た資料を丹念に分析し比較することが大事である。 2.改成： →海外で苦労して、集めて来た資料を丹念に分析し、比較することが大事である。

（五） 插入句子當中補充說明時	1.用例： 今年の日本の総選挙は有名なマス・メディアが予測した限りでは与党の苦戦が続くようである。 2.改成： →今年の日本の総選挙は、有名なマス・メディアが予測した限りでは、与党の苦戦が続くようである。
（六） 並列事物	1.用例： 一年間の交換留学には日本センターでの語学学習以外に観光旅行伝統工芸の見学農家のホームステイなどが含まれている。 2.改成： →一年間の交換留学には、日本センターでの語学学習以外に、観光旅行、伝統工芸の見学、農家のホームステイなどが含まれている。

　　撰寫日文專題報告或學術論文時，文情並茂並非第一優先考量的要件。文章的詞句優美，那只是日文作文競賽中，重要的評分項目之一而已。專題報告與學術論文是不一樣的，這兩者要求文字簡潔、表達通暢、主旨明確，因為這樣才能正確傳達出意念、主張。只要達到要求，雖然論調或立場不同，也會引發廣泛閱讀、討論，成為一篇不錯的專題報告或學術論文。為達到此一目標，第一步則需要正確標示日文標點符號。

練習題（二）

請標示句逗號，使下列文章的旨意更加明確。

　　そのぐらいのレポートなら簡単すぎるから締め切りのぎりぎり前に自分ひとりでもできると思っていたところがコンピューターが急に故障して調べておいた資料が全部消えてしまった急いで資料を集めて書いても締め切りの時間に間に合いそうもなかったそれでクラスメートに手伝ってもらうために電話をしたがその友人は卒業旅行で留守だったほかの友人に頼んでもなかなかよい返事をしてもらえなかった結局しかたなく卒業を一年後に伸ばして留年することになった。

第4課

日文文章常見各種標點符號與正確的格式使用

學習重點說明

- 認識日文各種標點符號的含意。
- 學習專題報告或學術論文上常見的標點符號的正確使用方式。
- 掌握常見的標點符號的含意，正確研讀資料並確實傳達出撰寫的論文訊息。
- 學習正確的日文文章格式。
- 透過學習正確的標點符號、文章格式使用方式，與外界意念溝通暢行無阻。

一、日文文章中各種標點符號的使用與說明

　　日文文章中各種標點符號，除了常見的「句號」、「逗號」二種以外，仍有一些常用的標點符號用於專題報告或學術論文中。清楚理解各種標點符號的含意，有助於閱讀並正確掌握他人論文、報告的內容，且有讓他人看得懂自己寫的論文、報告的主旨這層用意。如此一來，也才可與他人順暢溝通、互通意念。

　　本單元將學習正確地認識各種標點符號的含意，以及日文文章格式的正確使用原則。

日文文章中常見的標點符號：

日文各種標點符號		說明
（一）句点	。（「句点」，相當於中文的「句號」）	標於句子結束時。日文文章中看到了「句点」（。）就表示一個句子在此結束。 例如： 台湾では新学期が9月に始まる。 台灣九月開學。
（二）読点	、（「読点」，相當於中文的「逗號」）	標於句子的中間，稍微中斷句子。使句子結構更明朗，語意更清晰、容易瞭解。日文文章中看到了「読点」（、）就表示一個句子還未結束，一直要往後找到「句点」（。）的地方，才表示句子結束。 例如： 台湾では、新学期が9月に始まる。 台灣九月開學。
（三）括弧	「 」（「括弧」，相當於中文的「引號」）	用於引述他人的話，或用於特別想強調的一句話、單字或專有名詞。 例如： ① 朝、人に会ったら、「おはよう」と言う。 　一早碰到人，要說聲「早安」問候。 ② 台湾では、「ハーリーツ」が日本語ブームをもたらした。 　在台灣「哈日族」帶來學習日語的風潮。

日文各種標點符號		說明
（四）二重括弧	『　』（「二重括弧」，相當於中文的「雙引號」）	1.用法相當於中文的書名號，用於標式報章、雜誌、書籍名稱。 2.除了第一種情形之外，還有第二種常見的情形，那是在「　」（引號）中又再次出現「　」（引號）的部分，要改寫成『　』（雙引號）來標示。 例如： ① 『読売新聞』は、日本の三大新聞のひとつとして国民に信用されている。 　《讀賣新聞》是日本三大報紙之一，廣受日本國民的信賴。 ② 教科書には、「日本人は「いいえ」と言う代りに、「少々考えさせてください」ということが多い」と書いてある。 　教科書上面寫著：「日本人常常要說「不」的時候，都不會直說「不」，而是說「請讓我再考慮一下」」。 → 教科書には、「日本人は『いいえ』と言う代りに、『少々考えさせてください』ということが多い」と書いてある。
（五）山括弧	＜　＞（「山括弧」，中文叫做「書名號」，但用法完全不同）	用於同一篇文章當中，已經用「　」（引號）強調了想特別強調的地方之外，仍有想特別強調的地方時，便可以使用＜ ＞來強調。其實不要用＜ ＞，統一都是用「　」來強調也無妨，兩者功能一樣。只是如果看到文章中出現＜ ＞時，須懂得那是什麼意思。 例如： 日本の＜納豆＞も台湾の＜臭豆腐＞も発酵食品であるという点で共通している。 日本的「納豆」還有台灣的「臭豆腐」，都是發酵的食品類。 當然用下面的說法也是可以。 例如： 日本の「納豆」も台湾の「臭豆腐」も発酵食品であるという点で共通している。

日文各種標點符號		說明
（六） 円括弧	（）（「円括弧」，相當於中文的「夾注號」）	用於補充說明前面的一個單字或一句話，放置於該單字或該句話的後面。 例如： 彼(孔子のこと・論者注)は、中国史上の有名な教師だと言われている。 他（指孔子，執筆者註）是中國歷史上有名的教師。
（七） ダッシュ	──（「ダッシュ」，相當於中文的「破折號」）	用於解釋句子中的一個單字、一句話、專有名詞或加入補充說明，放置於該單字、該句話、該專有名詞之後。 例如： 台湾の日本語教育では第二言語教育(JSL)──母国語教育以外の日本語言語教育──が重視されつつある。 在台灣日語教育範疇中，第二外語教育（JSL）──亦即母語教育之外的日語教育──逐漸被重視。
（八） リーダー	……（「リーダー」，相當於中文的「刪節號」）	用於省略部分文字或話語。 例如： 彼は「買っておけばよかったのに……」と本当に残念そうにつぶやいた。 他懊悔地喃喃自語說道：「早知道事先買了就好了……。」

日文各種標點符號	說明
（九）黒点	・（「黒点」，相當於中文的「間隔號」）	1.用法與中文的頓號「、」一樣。用於列舉同等質的東西時。 例如： 学術論文は、序論・本論・結論の三部分によって構成されている。 學術論文是由序論、本論、結論三部分組合而成。 2.用於外來語或西洋人人名的姓氏與名字之間。 例如： ① マス・メディアの功罪が大いに討論されている。 　媒體的利弊被大肆討論著。 ② ラフカディオ・ハーンは、日本に帰化して、「小泉八雲」と改めた。 　Lafcadio Hearn歸化日本，改名叫做「小泉八雲」。
（十）波線	～（「波線」，相當於中文的「接連號」）	用於表示數量範圍。 例如： 本論文の2～3頁に掲載された写真は、論者が自分で撮ったものである。 本論文2至3頁上所登載的相片，是執筆者本人拍攝。
（十一）逗點	,（逗點，日文沒有）	理工科學術論文中常見的符號，大多學自英文文章。功用相當於傳統日文文章中的「、」。像是日本語教育領域的論文，有些論文因為大部分參考英文著作，也開始嘗試使用英文的「,」來代替「、」。但是畢竟尚未普及，建議初學者現階段不要嘗試使用。

日文各種標點符號		說明
（十二）句點	．（句點，日文沒有）	理工科學術論文中常見的符號，大多學自英文文章。功用相當於傳統日文文章中的「。」。像是日本語教育領域的論文，有些論文因為大部分參考英文著作，也開始嘗試使用英文的「．」來代替「。」。但是畢竟尚未普及，建議初學者現階段不要嘗試使用。
（十三）問號	？（問號，日文沒有）	基本上日文疑問句也不會用此符號。雜誌、廣告用詞上多少可以看到，但那畢竟是為了達到宣傳效果，引起別人的注意。由於和客觀論述的學術論文或專題報告的性質不同，建議初學者現階段不要嘗試使用。
（十四）驚嘆號	！（驚嘆號，日文沒有）	基本上日文文章中沒有此符號。雜誌、廣告用詞上多少可以看到，但那畢竟是為了達到宣傳效果，引起別人的注意。由於和客觀論述的學術論文或專題報告的性質不同，建議初學者現階段不要嘗試使用。
（十五）冒號	：（冒號，日文沒有）	基本上日文文章中是沒有此符號。推測應該受英文、中文的影響，建議初學者現階段不要嘗試使用。

　　各種標點符號的說明與使用時該注意的事項，已經在上面表格中詳述，請細細品讀。必須再次叮嚀：一個標點符號就像交通號誌一樣，代表一個含意。要撰寫專題報告或學術論文，必須先清楚瞭解各種標點符號的含意，才能與外界的普遍認知一致，不至於引發誤會。當然也不允許自創符號。只要謹守規則，就能與外界溝通順暢。接下來要談的日文文章格式也是相同，不小心犯規就會造成專業形象受損。做什麼就要像什麼，若寫出來的日文文章看似日文卻又不是日文，恐怕要他人正確掌握專題報告或學術論文的主旨，也是相當困難的。

二、有關日文文章寫作格式的說明

　　日文跟中文是不同的語言，當然寫作格式也是大大的不同。現在電腦發達，用稿紙撰寫的情形越來越少，學校繳交的報告、作業，幾乎都是用電腦文書處理過的東西。不過幾個重要的校外考試，還是會要求用稿紙撰寫日文作文。有些電腦可以幫忙妥善處理日文文章格式，例如電腦不會讓標點符號放至該行的第一個字等等。但是有些還是要撰寫者具備日文基本寫作格式的概念，才能完善處理。先來看看下面表格中列出的幾個日文文章格式的基本注意要項。

日文文章格式的基本注意要項：

狀　況	說　　明	注意要項
（一）空格	每一段落應空一格才開始。	中文文章是空二格才開始，不要混淆。
（二）字型	日文文章基本上字型是點選 MS Mincho 體書寫。日文文章的標點符號須在文字與文字的右下方。如果是在文字與文字的中間，則肯定是選定字型的錯誤，或是電腦格式跳掉所產生的錯誤，須重新設定。	中文文章常見是選定新細明體或標楷體書寫。注意標點符號的位置，即可判別出是否正確。
（三）文字暨符號	原則上漢字、平假名或片假名（含促音「っ」）、句號、逗號、各種符號都占稿紙一格。	每一段落的開始，不可以有）、」。』這些符號。用日文軟體打字，電腦會自動妥善處理，不用擔心。只是如果是用稿紙書寫的話，必須放置於上一行的最後一格或格子的外邊。而拗音像「きゃ」，則「き」寫在一格，「ゃ」寫在另一格，共占稿紙的二格，不可以寫在同一格。

（四）年號	因為國際化社會，重視共同的認知。各國使用的年號，盡量用西元年標示。然而，為分辨出西元年相當於日本年號的哪一年，亦可於西元年之後加上日本年號。例如：2010年（平成22年）。或顛倒順序，寫成平成22年（2010年）亦可。	雖然沒有硬性規定一定要用阿拉伯數字。但如果寫成漢字一二三四的話，占的空間變大。例如將「一九八四年」寫成「1984年」，感覺如何？不是變得簡潔一些了嗎？特別是整本論文完成之後，整體的質感就會顯現出來。建議初學者可以嘗試統一用阿拉伯數字標示年號。
（五）阿拉伯數字	可以用半形字型標示。常見是用半形字型居多，建議用半形字型較好。	「1984年」（數字部分使用半形字型）與「１９８４年」（數字部分使用全形字型）二者給予的感覺如何？個人偏向喜歡使用半形字型，因為簡潔又美觀，特別是整本論文完成之後，整體的質感就會顯現出來。建議初學者可以嘗試用半形字型標示。如果是用稿紙撰寫的話，二個數字占稿紙的一格。
（六）特殊符號	「──」（破折號）或「……」（刪節號），以占稿紙二格的空間為宜。	如果用稿紙書寫的話，要占稿紙的二格。
（七）敬稱	學術論文上除了「主教、首相、總統」等領袖的稱呼仍照常使用，除此之外，基本上「さん、氏、教授、樣」等敬稱，可以省略不用。	因為是屬於學術論文的創作，而非當面稱呼對方的演講稿，所以慣例上可省略敬稱。不加「さん、氏、教授、樣」也不會失禮，不用擔心。

　　日文文章寫作上的最大禁忌，也是容易讓別人一眼就看出的破綻，是第一點「空格」的問題。因為中文文章中每個段落的開頭是空二格，所以學生也常會空二格後開始寫日文文章，這是不對的。切記！日文文章中每個段落的開頭是「空一格」而非「空二格」。這一點先使用正確，要建立專業日文形象，就變得簡單許多了。

接下來是第二點「字型」的問題。記得寫作日文文章要點選「MS Mincho」的字型。中文通常習慣點選「新細明體」或「標楷體」使用，這與日文文章是不同的。如果不小心選錯了「新細明體」或「標楷體」字型，請務必在列印文章之前，再檢查一次。其實文章輸入時，有經驗的人就可以察覺異常，從標點符號落在的位置就能觀察出來。標點符號「、」（読点）、「。」（句点），如果是位在單字與單字之間，這就有問題了。日文文章的標點符號「、」（読点）、「。」（句点）不會位在單字與單字之間，而是會位在前面單字的右下角處。

（A）私は大学三年生で、日本語を勉強しています。（MS Mincho，正確）

（B）私は大学三年生で、日本語を勉強しています。（新細明體，不正確）

　　A句是使用MS Mincho字型，標點符號「、」（読点）、「。」（句点）位在前一個單字的右下角，所以是正確的。而B整句是使用新細明體字型，標點符號「、」（読点）、「。」（句点）位在單字與單字之間，所以不正確。有時候明明都已經事先點選、設定了「MS Mincho」字型，怎麼列印文章出來時才發現變成了「新細明體」字型，這的確常常發生。畢竟電腦雖然方便，常常有不聽人話的時候。為了避免出錯，建議還是在工作完成之前，最後再確認一次字型才好。

　　在日文環境下輸入文字時，電腦會自動把原先該放在每一段落開始的標點符號，像是「）、」。』」等調整至前一行，所以不用擔心。只是如果是用稿紙書寫的話，必須放置於上一行的最後一格或格子的外邊。請看下面的圖示。

而像拗音「きょう」、促音「っ」，不論字體大小、片假名或是平假名，凡是假名都是一個字占一格。像拗音「きょう」須寫成「き」、「ょ」、「う」共占稿紙的三格，不可以寫在同一格。

　　第一、二、三點可以說是被奉為日文文章寫作的圭臬，也是不可以犯錯的常規，一定要嚴格執行。一旦犯錯會被質疑專業能力不足，並被判定寫的不是日文文章。而第四、五、六、七點，則是綜合各家見解以及多年身體力行所得的寶貴心得。如果只當作參考使用，也是可以，但記得撰寫者本身需要有統一的指標，來處理第四、五、六、七點情況發生，不然文章反而更顯亂七八糟。如果能按照上述建議實行的話，相信整體的格式呈現，絕對是美觀、簡潔。每年都同樣要求學生嚴守上述格式規範，學生習慣了自然勵行不懈。之後再看到整體的質感展現，對於遵循格式規範，更是視為最高準則。

　　有學生反應「初學階段閱讀資料不多，也沒多少邏輯概念，格式再不注意，真的一路錯到底，沒人懂得自己的發表內容。格式對了，至少老師們知道發表者要講些什麼。」還有畢業的學生拿著大學畢業論文應徵工作，因為美觀、簡潔的完整格式，留給老闆良好印象，贏得工作的機會。畢竟我們就是外國人，使用外語寫作或撰寫專題報告、學術論文時，若不注重格式、恪遵格式規定的話，真的沒有人看得懂撰寫的內容。如此一來，不但與外界溝通的管道阻塞，也無法正確表達訊息，當然往後的路途就會更加艱難。古云：「好的開始就是成功的一半」，建議初學者在基礎階段，一定要從使用正確的基本格式開始，才能事半功倍。

練習題

試著解釋各種標點符號的含意。

　　大学院にいた頃、「もつ鍋」が流行り出しました。テレビやラジオなどでは、連日のようにその話題が出ていました。当時、コンピューターや本代で食費が十分でなかった私をときどき御馳走に招待してくれた家内（まだ互いに大学院生で、結婚するかどうかは分かりませんでした）が、「『くらしのジャーナル』（NHKの朝の生活情報番組・筆者注）などで話題になっているから食べてみたい」と言うので、学生街の橋の付近にあるマンションの一階に新しくできたその店に行ってみました。平日だったせいか、夕方の店内は人が少なかったです。やがて、「もつ鍋」——コンロの上に豚などの内臓と味噌味のタレと具が入った土鍋を載せて食べる料理——が運ばれてきました。家内は、あまり好みの味ではなかったらしく、それほど食べなかったのを覚えています。

第5課

專題報告或學術論文之文章表現注意要點

學習重點說明

➲ 藉由各詞性名詞化的表現,提升遣詞用句的格調。

➲ 名詞與助詞的連接表達,亦有助於提升遣詞用句的格調。

➲ 注重句子主語、述語的一貫完整性。

➲ 利用呈現事實而非交代動作主體的方法,來凸顯專題報告或學術論文所追求客觀引述、中立立場論述的特質。

注重客觀引述、中立立場論述的專題報告或學術論文，除了須用「である」體來撰寫之外。還可以利用下面的四個方法來提升文章的格調。

方法（一）：日文各類詞性，盡量改成名詞化來表達，增加鄭重的感覺。

方法（二）：利用名詞加助詞的連接，提升文章格調。

方法（三）：為了表達正確的文章原意，文章主語與述語須統一，讓文章前後有一貫的完整性。

方法（四）：著重於誰做了某件事情後，呈現在眼前的事實或結果。也就是說，不是著重於誰做了什麼動作，而是重視這個動作所造成的普遍事實、結果。

把握以上四點的原則，就可以開始動筆撰寫日文研究計畫書所需要的各類要項。

一、方法（一）：將各類詞性名詞化

以下，先學習如何將動詞、形容詞、形容動詞等各種不同詞性的子句，改成名詞化的表現，藉以符合撰寫專題報告與學術論文的文章格調。

	各類詞性	名詞化方式
動詞	新人を採用する	新人の採用
	人員を増やす	人員の増加／増員
	子供の数が減る	子供の数の減少
	定員を減らす	定員の削減
	研究対象を拡げる	研究対象の拡大

	各類詞性	名詞化方式
動詞	技術が進歩した	技術の進歩／向上
	体質をよくする	体質の改善
形容詞	性格が暗い	性格の暗さ
	物価が高い	物価の高さ／物価の高騰
	景気が悪い	景気の悪さ／悪化／不況
	景気が良い／いい	景気の良さ／上昇／好況
	学力が低い	学力の低さ／低下
形容動詞	見事だ	見事さ／見事なこと
	立派だ	立派さ／立派なこと
	不十分だ	不十分さ／不十分なこと
	元気だ	元気さ／元気なこと

　分動詞、形容詞、形容動詞依序做說明。將「採用する」改成「採用」，「増やす」改成「加」，「減る」改成「減少」，「減らす」改成「削減」，「拡げる」改成「拡大」，「進歩する」改成「向上」，「よくする」改成「改善」等漢語表現，都是提升論文格調的方法。

　而形容詞的名詞化，就是將形容詞語尾的「い」去掉而改成「さ」。除此之外，像是將「物価が高い」改成「物価の高騰」，「景気が悪い」改成「景気の悪化」，「景気が良い／いい」改成「景気の上昇」，「学力が低い」改成「学力の低下」等漢語表現，也是為了提升論文的格調。

　形容動詞的名詞化，就是將形容動詞語尾的「だ」去掉而改成「さ」即可。

練習題（一）
將下列句中劃線的地方，改成名詞化的表現方式。

1. アメリカ大統領が日本に来たことを今朝の新聞で知った。

2. 北朝鮮総書記はどんな病気なのか、まだ公表されていない。

3. 国民の体格がよくなることを考えなければならない。

4. 栄養のバランスが取れるように注意する必要がある。

5. 会議のお知らせを持っていくことを忘れてはいけない。

6. この深刻な問題を解決する方法を知っているか。

7. 環境ホルモンの使用が広がることは深刻な問題になっている。

8. 青少年が罪を犯していることは社会問題となっている。

9. 中国大陸で事業を大幅に広げることは緊急の課題である。

10. 社会の治安が悪くなっていることは、マスメディアに採り上げられている。

二、方法（二）：將名詞與助詞連接

　　另外還可以用名詞連接助詞的方式，來提升文章的格調。舉例如下：

一般句型	名詞與助詞的連接方式
教師とコミュニケーションすること	教師とのコミュニケーション
外国から密輸入すること	外国からの密輸入
不法売買を取り締まること	不法売買への取り締まり
原因を究明すること	原因の究明
日本の大学院へ進むこと	日本の大学院への進学
日本で訓練を受けること	日本での訓練
親が子供を溺愛すること	親による子供への溺愛（正確） 親が子供をの溺愛（錯誤）
日本が外国貿易に依存すること	日本の外国貿易への依存（正確） 日本が外国貿易にの依存（錯誤）
議員が海外まで視察すること	議員による海外までの視察（正確） 議員が海外までの視察（錯誤）

　　為了表達出專題報告或論文的簡潔有力，可以利用名詞之後加助詞的技巧來表現。「教師とコミュニケーションすること」改成簡潔有力的「教師とのコミュニケーション」表達方式，巧妙利用「との」就是關鍵。依此類推還可以使用「からの」、「への」、「との」、「での」、「までの」等關鍵技巧，而基本上「をの」、「にの」的使用是不正確的。

練習題（二）

請將下面一般句型改成名詞與助詞連接的簡潔表達方式。

一般句型	名詞與助詞的連接方式
教師と意見交換すること	
外国から批判すること	
交通違反を取り締まること	
死亡原因を究明すること	
日本の博士コースへ進むこと	
日本で試練を受けること	
子供が親に不満を持つこと	
子供が家族の力を頼ること	
学生が南極まで旅行すること	

三、方法（三）：注重文章前後的一貫完整性

　　日文句子當中有主語與述語的概念。例如「彼は学生である」句子中，先找出助詞「は」的所在，「は」之前的名詞「彼」就是主語。如果「は」之前不是名詞的話，例如：「ではない」、「わけにはいかない」、「とは言えない」之類的表現用法，此時的「は」就不是接主語的「は」，而是表強調用的「は」，用來強調後面否定意思的「ない」。

　　而述語部分，斷定助動詞「である」之前的「学生」就是述語。主語「彼」是名詞，當然述語可以是名詞。

　　還有，如果主語是人的話，可以當動作的主體，所以述語也可以更換為動詞、形容詞、形容動詞。

用例1

○（A）彼は日本から来た学生である。
○（B）彼は彼女にひどいことをしてしまった。
○（C）彼はクラスの中で一番背が高い。
○（D）彼は背が高くてハンサムである。

解說

　　（A）（B）（C）（D）四句的主語都是「彼」，因為是人，所以述語可以是名詞「学生」。也可以是動詞「してしまった」。當然也可以是形容詞「高い」或形容動詞「ハンサム」。

但是,如果主語不是人而是一般名詞、形式名詞「の」,且必須要有人始能完成的話,述語就要以「こと／もの」來結尾。

用例2

○(E) 朝起きてお湯を飲むのは、彼が10年以上続けていることである。
×(F) 朝起きてお湯を飲むのは、彼が10年以上続けている。
○(G) 元気に年を取っていくことは、今の彼にとって大事なことである。
×(H) 元気に年を取っていくことは、今の彼にとって大事である。
○(I) 元気に年を取っていくことは、大事である。
○(J) 趣味は切手を集めることである。
×(K) 趣味は切手を集める。

解說

　　很明顯地,(F)句子就是一句不完整的句子,因為主語「の」是形式名詞,必須像(E)句子一樣,後面加回「こと」才算句子完整。而(H)句子的主語是「こと」,中間也插入「今の彼にとって」,因此就必須像(G)句子一樣,後面加回「こと」才算句子完整。如果像(I)句子一樣去掉了特定的「今の彼にとって」而表示一件常態的事情的話,這也能說得通。(K)句子的主語為「趣味」,沒有加諸人為的因素是無法完成的,所以不能用動詞「集める」來結尾,這樣就不能對稱了,必須像(J)句子一樣,後面加回「こと」才算句子完整。

另外，主語雖然不是人而是一般名詞，但不需要有人始能完成的話，述語就不一定要以「こと／もの」來結尾。例如：

用例3

○（L）夏に川で泳ぐことは、危ない。
×（M）夏に川で泳ぐことは、危ないことである。
○（N）刺身は日本の代表的なものである。
×（O）刺身は日本の代表である。
○（P）不景気は、大学新卒の就職に響いている。
×（Q）不景気は、大学新卒の就職に響いているものである。

解說

不是要特別說明某個定義的話，就不需要使用（M）句子「～ことは、～ことである」的句型，簡單用（L）句子來表達一般常態事物即可。而（O）句子明顯是不完整的句子，因為「刺身」不等於「代表」，而是像（N）句子一樣，等於「代表的なもの」才對。雖然主語「不景気」不是個人，但是其形成的影響可謂一種常態、現象，於是像（P）句子一樣，述語用動詞「響いている」的表達是正確的，並不需要像（Q）句子一樣又多加回「もの」。反而此處如果像（N）句子一樣，後面加回「もの」的話，感覺是在說明「不景気」是什麼東西似的。

只要把握以上原則，就可輕鬆了解下面所列句子用例是否正確。

用例4

×（R）本論文は、登校拒否の原因を解明する。
○（S）本論文では、登校拒否の原因を解明する。
○（T）本論文は、登校拒否の原因の解明を目的としたものである。

解說

（R）句的主語是「本論文」，因為不是人，無法做述語「解明する」的動作。因此（R）句是個前後不連貫的句子。如果將（R）改成（T）句的方式表達的話，句子前後就會連貫起來。

（T）句的主語是「本論文」，述語是「もの」。名詞「本論文」與名詞「もの」對等，可以連貫上。而（R）句中「登校拒否の原因の解明を目的とした」是個修飾語，用來修飾述語「もの」。

（S）句中找不到明顯的主語，是被省略掉了。由於是自己所寫的論文，主語當然就是「論者（私）」，於是用動作「解明する」結尾，也是合情合理，句子具有連貫性。

而「本論文では」中的「では」，就是表限定的範圍或地點，意指在本論文當中。之後接上「解明する」的動詞，就更沒有什麼不妥了。批改學生的論文、作文作業時，發現學生經常犯此類的錯誤。了解使用的原則，其實學生自己也可以訂正自己日文用法上的錯誤。

用例5

×（U）この学校のいい所は、自由に授業を選べる。
○（V）この学校のいい所は、自由に授業を選べることである。

解說

　　判別（U）句與（V）句正確與否的原則，與上面所提的道理一樣。先找出助詞「は」或者「が」的所在，（U）句與（V）句中只有「は」，沒有「が」。於是，主語是「は」之前的「所」，而述語則為「こと」。

　　（U）句之所以錯誤，是因為後面接的是述語的「選べる」，「選べる」是動詞，故不恰當。而（V）句之所以正確，是因為主語「所」名詞，可以對稱到述語「こと」名詞。

用例6

× （W）青少年センターが行った調査によると、青少年が親と口をかわす回数が少なくなった。
○ （X）青少年センターが行った調査によると、青少年が親と口をかわす回数が少なくなったという。

解說

　　（W）句、（X）句是用「と」連接二個小子句而成。日文中「調査によると」句型，是根據調查報告指出的某個事實之意。結尾需要還回「という」，才算句子完整。（W）句因為沒有還回「という」，所以語意不完整。而（X）句因為還回了「という」，句子前後對稱、完整連貫。

用例7

× （Y）私はこの因果関係をより綿密に再検討したいと思う。
○ （Z）この因果関係はより綿密に再検討すべきである。
○ （α）この因果関係はより綿密に再検討すべき課題である。

解說

（Y）句的主語為「私」，述語為「思う」。前面已經多次提過專題報告或學術論文中，不宜以「私」來稱呼自己，再者後面又出現「思う」，可見（Y）句是一句表達主張的句型。於是，建議像（Z）句一樣，運用表達主張的「べき」即可。然而「再検討する」的用法，按理說加了「べき」，應該是「再検討するべき」。但古風的「再検討すべき」的說法，比較大眾化普及。像「勉強するべき」，就現代日文文法來說是第三變化終止形「勉強する」加「べき」，使用上一點也沒有錯。但是習慣用法還是以古典日文文法第三變化終止形「勉強す」加「べき」而成「勉強すべき」，反而「勉強すべき」較「勉強するべき」常常聽到。而（α）句因為主語是名詞「この因果関係」，於是述語用名詞「課題」來結束也是可以的。

練習題（三）

將下面句子改成前後一貫完整的句型表達。

1. 密入国は、政府と国民が団結して解決する。

2. 過疎化が及ぼした影響は、思ったより深刻になる。

3. 環境破壊が、想像以上のスピードで進んでいることである。

4. 本研究は、国民の所得の差が生じた原因を究明する。

5. 私は、貿易競争をもっと自由にしたいと思う。

6. 大前研一の発言によると、ECFAは台湾の貿易に有利である。

四、方法（四）：聚焦於「動作主體」與聚焦於「動作結果」的差異

　　專題報告或學術論文注重客觀引述、中立立場的論述。於是，該性質的文章格調，著重於眼前的事實或結果的陳述，而非動作主體是誰、或是做了什麼動作。一般文章大致可分類成：「聚焦於動作主體」與「聚焦於動作主體做完動作之後所呈現的事實（結果）」二種類型。

　　下面有二篇文章。第一篇偏重於敘述「動作主體」做的動作，是聚焦於「動作主體」的文章。第二篇偏重於動作主體做完動作之後「所呈現的事實」，是聚焦於「動作結果」的文章。而專題報告或學術論文上，比較樂見第二篇陳述事實的方式。於是，撰寫專題報告或學術論文可以盡可能嘗試用聚焦於動作主體做完動作之後所呈現的事實，亦即是聚焦於「動作結果」的方式來表達。

A範例：聚焦於「動作主體」的文章

　　2008年夏、国際日本語教育学会は理事会を開き、長時間にわたって、2010年の日本語教育世界大会の開催地について話し合った。その結果、2009年のオーストラリアでの世界大会に次いで、2010年の世界大会は、台湾で開催することを決めた。台湾で最初の日本語関係の世界大会を、政治大学外国語学院、台湾日本語文学会、台湾日本教育学会の共催で行うことに決定した。

B範例：聚焦於「動作結果」的文章

　　2008年夏の<u>国際日本語教育学会理事会で</u>、長時間にわたり、2010年の日本語教育世界大会の開催地<u>が話し合われた</u>。その結果、2009年のオーストラリアでの世界大会に次いで、2010年の世界大会は、台湾で開催されることが<u>決まった</u>。台湾で最初の日本語関係の世界大会は、政治大学外国語学院、台湾日本語文学会、台湾日本教育学会の共催で行なわれ<u>ることになった</u>。

　　A範例文章與B範例文章，都有三個「句號」。很清楚可以看出，二篇都是三個句子組合而成的。再深入比較A範例與B範例的劃線部分，不難看出其中的差異。A範例中使用的動詞為「開き」、「話し合った」、「決めた」、「決定した」，都是屬於他動詞。既然是出現他動詞，沒有動作主體的話，動作便不會被執行。於是，這是一個聚焦於「動作主體」的文章。

　　相對的，B範例中使用的動詞為「話し合われた」、「決まった」、「ことになった」，都是屬於被動動詞或自動詞。既然是出現被動動詞或自動詞，就不是強調動作主體，而是強調動作執行後呈現的事實，這就成為一篇聚焦於「動作結果」的文章了。由此可見，盡量使用被動動詞或自動詞，就可以達到將聚焦於「動作主體」文章，改寫成聚焦於「動作結果」文章，藉此提升專題報告或學術論文的文章格調。而動詞間的他動詞與自動詞的對應關係，必須再仔細釐清。

　　還有一個重點，注意到了嗎？A範例中的四個動詞改寫成B範例之後，動詞由四個變成三個。這主要是技巧性地將「<u>国際日本語教育学会は理事会を開き</u>」改寫成以「<u>国際日本語教育学会理事会で</u>」地點的方式表達，實在是高招。

練習題（四）
將下面文章改成聚焦於「動作結果」的方式表達。

　　国際オリンピック委員会は会議を開き、長時間にわたって、2012年のオリンピック競技開催地について話し合った。その結果、2012年の夏季オリンピックは、イギリスのロンドンで開催することを決めた。2008年のリーマン恐慌の影響で不況に困っていたイギリス政府は、それをよい機会に、世界各国からより多くの観光客が簡単に訪れることができるように、大幅にビザの申請手続きの免除を行うことを決定した。しかも、台湾をそのリストの中に入れた。

五、常見的他動詞、自動詞或被動詞的對照

聚焦「動作主體」文章與聚焦「動作結果」文章，重點在於使用了什麼樣的動詞，是他動詞？還是自動詞或被動詞？日文的動詞當中，有些他動詞、自動詞是可以彼此互相對應，有些不能彼此互相對應。將常見的動詞對照表整理出來，提供作參考。

他動詞與自動詞或被動詞的對照表：

類別	他動詞（動詞前面的助詞用「を」）	自動詞或被動詞（動詞前面的助詞用「が」或「に」）
（一）同時擁有他動詞與自動詞相對應之動詞	決める	決まる
	始める	始まる
	変える	変わる
	集める	集まる
	温める	温まる
	締める	締まる
	止める	止まる
	浸ける	浸かる
	受ける	受かる（合格する）
	届ける	届く
	預ける	預かる
	付ける	付く
	見つける	見つかる
	開ける	開く
	入れる	入る
	焼く	焼ける

類　別	他動詞（動詞前面的助詞用「を」）	自動詞或被動詞（動詞前面的助詞用「が」或「に」）
（一） 同時擁有他動詞與自動詞相對應之動詞	解く	解ける
	叶える	叶う
	回す	回る
	直す	直る
	冷やす	冷える
	出す	出る
	起こす	起きる
	落とす	落ちる（合格しない）
	沸かす	沸く
	倒す	倒れる
	溶かす	溶ける
	増やす	増える
	消す	消える
	汚す	汚れる
	壊す	壊れる
	照らす	照る
	割る	割れる
	切る	切れる
	破る	破れる
	折る	折れる
	開ける	開く

類別	他動詞（動詞前面的助詞用「を」）	自動詞或被動詞（動詞前面的助詞用「が」或「に」）
（二） 沒有擁有相對應的他動詞與自動詞之動詞	開催する	開催される
	指摘する	指摘される
	整理する	整理される
	批判する	批判される
	評価する	評価される
	述べる	述べられる
	言う	言われる
	行う	行われる
	思う	思われる
（三） 既可當他動詞使用、也可當自動詞使用之動詞	解決する	解決する
	完成する	完成する
	実現する	実現する
（四） 特殊用法之動詞	する	なる／される
	することにする	することになる

　　以他動詞與自動詞的觀點來看日文的動詞，大致可以分類為上述的四種動詞。第一類為「同時擁有他動詞與自動詞相對應之動詞」，第二類為「沒有擁有相對應的他動詞與自動詞之動詞」，第三類為「既可當他動詞使用、也可當自動詞使用之動詞」，第四類為「特殊用法之動詞」。

　　第一類的動詞，是同時擁有他動詞與自動詞相對應之動詞，之間的對應關係非常清楚。因為中文沒有雷同的用法，所以只能想辦法死記。本書已經盡量按照外形歸類成一群組排列，可以方便記憶。

　　而第二類的動詞，是沒有擁有相對應的他動詞與自動詞之動詞，因此，必須將他動詞改成被動式來表現。各種動詞的屬性因為不同，被動式通常是該動詞的

第一變化加「れる」或「られる」而成。如果是五段動詞、サ變動詞的話，則加「れる」而成。如果是上一段動詞、下一段動詞、カ變動詞的話，則加「られる」而成。

　　第三類的動詞，既是可以當他動詞使用，也可以當作自動詞使用，但是數量不多。而第四類的動詞，是特殊的個案用法。動作主體做了「することにする」，而呈現該動作主體所做的動作結果時，就得改寫成「ことになる」。

練習題（五）

將左邊的他動詞改寫成右邊的自動詞或被動式。

他動詞	自動詞或被動式
始める	
参照する	
論証する	
研究対象とする	
変える	
届ける	
決める	
入れる	
言う	
行う	

第6課

日文參考書目羅列方式

學習重點說明

- 撰寫專題報告或學術論文時，參考書目的重要性。
- 何謂參考書目，及使用上須考量的優先順序。
- 何謂文本（引用範例），及使用上須考量的優先順序。
- 每一本參考書目須提示的基本資訊。
- 參考書目羅列的排序原則。

專題報告或學術論文是集結許多研究成果之後，再提出自己見解的客觀創作。如果沒有引用參考書目、資料、文獻的話，那只是一篇個人的感想文、作文而已，不是一篇專題報告或學術論文。

　　前面第2課學習了訂定研究題目時，可以上網或是到圖書館搜尋，估算預定的研究題目的參考書目有多少，以免訂定了題目之後，發現參考書目缺乏，題目不容易撰寫。好不容易上圖書館一趟，絕對不要浪費時間、精力，要期許事半功倍達成任務。建議將搜尋到的將來可能使用的參考書籍、雜誌，直接按照本單元所要學習的重點，列出參考書目。除此之外，當完成一篇論文或一本書，依台灣慣例，需要於論文後面羅列出參考書目。由此可見，本單元的學習，是非常重要的。

　　當要列出參考書目時，前面第3、4課所學的知識，就可以派上用場。再複習一次，『　』是意味著報章、雜誌、書籍名稱時所使用的符號；而「　」是意味著論文名稱時所使用的符號；（　）是用於補充說明時所使用的符號。事先具備此常識，才能看得懂他人列出的參考書目的含意，同時自己所列出的參考書目，也才可以讓別人看得懂。就像交通號誌一樣，先有共識後，才能與外界溝通意念，暢行無阻。

　　本單元將學習各類不同的情形之下，如何標示參考書目的方法。

一、何謂參考書目

　　何謂參考書目（日文稱為「参考文献」）？撰寫專題報告或學術論文時，直接引用具有公開出版、發表事實的書籍、期刊論文、調查數據、報紙新聞報導、影像圖檔等等，都可以說是參考書目。在日本方面，習慣將直接引用進論文當中的資料，當作參考書目列出。但台灣方面，習慣將直接引用進論文當中的資料，或雖然沒有直接引用但閱讀後受到啟發的資料，也一併當作參考書目列出。再者，在台灣送審的論文著作以及碩、博士資格論文審查的評分項目中，亦有參考書目豐富與否一欄，可見在台灣非常重視參考書目。有鑑於此，參考書目可以放寬解釋為：撰寫該專題報告或學術論文時，直接引用或閱讀後受到啟發的所有公開出版、發表的書籍、期刊論文（含網頁公開的電子期刊）、影像圖檔等等，記得一定要有公開出版、發表的事實。而爭議性比較大的是碩、博士論文的引用問題。基本上在台灣也好，在日本也好，碩、博士論文的審查是經過公開口試的過程，決定通過與否。碩、博士論文通過口試之後，須送交該畢業學校或國家圖書館收藏。雖然沒正式出版的事實，但因為透過圖書館可以自由瀏覽閱讀，可以認定相當於有公開的事實。故碩、博士論文列為參考書目，在學界上已經有一定的共識。

二、使用參考書目上須考量的優先順序

　　如前述，堪稱為「參考書目」的作品，其先決條件須是有公開出版、發表的事實之創作。常見有傳統的紙本出版的書籍、期刊論文、報紙報導等。此外，因網路資訊化，電子化出版的書籍、期刊論文、報紙報導等，也已經成為參考書目引用的趨勢。再者，碩、博士的論文也算是參考資料的一個來源。

　　使用參考書目上須考量其優先順序。建議優先使用順序排列為（一）紙本出版的書籍、期刊論文（含電子書與電子期刊）、（二）博士論文、（三）碩士論文、（四）網路資料。

　　參考書目目前以紙本出版品為第一優先考量，因應資訊電子化，電子書與電子期刊等同紙本出版品，比照紙本出版品處理。台灣國內碩、博士論文水準逐年提升，值得參考的優質創作也不在少數，即使如此，碩、博士論文也不該是唯一的優先選項。建議可以放廣視野，多找些該領域非讀不可且具有代表性、建設性意義的書籍、期刊論文來當參考書目較為妥當，這樣才可以提高該論文的評價。特別是初學者，不要一味全部都是引用碩士論文，這樣會有所偏頗，不能取信於人。老話一句，多旁徵博引一些該領域具有代表性、建設性意義的書籍、期刊論文，對於提升該論文水準是有助益的。

　　而最後的網路資料，因為目前網路資訊快速和普及率高，引用網路資料已經是一件非常普遍的事情了，但是對於其資料的準確性，尚未達成普遍的共識。撰寫學術論文，除非官方網站，要不然還是適可而止為宜。網路常常更新資料或因傳輸、轉檔穩定度不夠而出現無可避免的錯誤，而造成資料的準確性受到質疑。為了慎重起見，引用的網路資料，盡量標示於何時瀏覽（○年○月○日閱覽），以示負責。選擇的資料、文獻，將攸關該專題報告或學術論文的評價，依優先順序選擇，才是明智之舉。

三、何謂文本（引用範例）及使用上須考量的優先順序

（一）何謂「文本」

「文本」（即「引用範例」，日文稱為「テキスト」）容易與「參考書目」的概念混淆。不見得每篇專題報告或學術論文都需要列出「引用範例」，有需要再列上即可。

比方說有人想研究日本著名作家川端康成的『雪國』，由於有許多的出版社在不同的年代出版了該作品，有些使用舊假名標示，有些使用現代假名標示，有些講求考證、校對，有些出版文庫本方便攜帶閱讀。各家出版社有各自的出版宗旨、理念。無論如何，必須從中選擇一本當作「文本」（引用範例），引用當中刊載的原文敘述、描繪來論述。

假若綜合考量後，決定使用文字校對可信度高的A出版社出版的『雪國』當作引用範例，那麼A出版社出版的『雪國』就稱為「文本」。假若要引用B出版社出版有關『雪國』中名為「島村」男主角的性格特徵當作參考論點的話，那麼B出版社出版的書籍就稱作「參考書目」。

通常文學研究、比較文學研究、對照翻譯比較等等，就需要選定「文本」。而語學句型分析研究，必須要有句型來源、出處，其出處就是「引用範例」。如果沒有需要，則不用列出。如果選擇的文本是用舊假名、舊漢字標示，目前電腦作業的操作上可能有些困難或無法普及大眾時，專題報告或學術論文撰寫人在引用文本時，可將之改寫為現代假名、當用漢字。切記須加上「原文の旧仮名遣いを現代仮名に改めた」的字樣註明用意。如果該文本引用文的漢字有標假名的音或引用文上加了記號，而又想省略這些引用原文時，切記須加上「原文の振り仮名、傍点を省略する」的字樣註明用意。

（二）「文本」使用上須考量的優先順序

　　選定文本（引用範例）也需要優先順序的考量，一般以個人全集為第一優先考慮。特別是日本老字號的出版社「岩波書店」，出版了作家個人全集，擁有良好口碑。第二順位為集合複數作家的作品所出版的全集。最後順位才考量方便攜帶的文庫本。而自日本「青空文庫」網頁上，節錄各作家的作品，也可以當作文本使用。目前收錄在「青空文庫」網頁（網址：http://www.aozora.gr.jp/）上的作品，基本上著作權已經消失了，要當作翻譯文本使用，也是可以。除此以外，其他作品當作文本或翻譯文本使用，就需要考量著作權的問題。作者如果還在世，他本人當然擁有著作權。而如果作者已經不在人世間的話，距他離世時間點往後推五十年之間，著作權歸屬於該作者的家屬。等待五十年之後，其著作權則自動消失。當該作品的著作權自動消失時，該作品即可當作文化資產，歸全人類所有，屆時就可以自由使用。

　　選擇當作引用範例的文本時，還有一種情況，就是第一手資料與第二手資料的區分。何謂第一手資料？也就是出自作者本身親手撰寫的文件、資料，例如作家的作品、日記、書信、評論之類。要釐清一位作家的心路成長歷程，第一手的資料當然為最佳文本的選擇。而第二手資料，則是研究家或作家的親朋好友撰寫有關作家的作品、日記、書信、評論之創作。無論如何，不要因為找不到第一手的資料當文本，退而求其次拿第二手資料當文本，這樣的研究態度，是會受到質疑、批評的。

選擇的文本，也攸關該專題報告或論文的評價，因此，依優先順序選擇，才是明智之舉。文本羅列方式，可以比照參考書目的羅列方式。姑且先舉例如下：

例1

テキスト

（1980－1982）『川端康成全集』全35巻新潮社

例2

テキスト
夏目漱石（1994）『漱石全集　第五巻』岩波書店
夏目漱石（1994）『漱石全集　第六巻』岩波書店

四、每一本參考書目應標明之資訊及排列參考順序

　　一般日文書籍的最後一頁，會標明書名、作者名、出版時間、出版社名，而參考書目最基本的要求，就是需要這些資訊。此四種資訊的排列，當然會因為各研究領域的不同，或各自指導老師習慣寫法的不同，在順序上有些差異。但是，最基本的要求不外乎就是需要明確交代書名、作者、出版時間、出版社名稱等四種資訊。基本上，只要一篇論文從頭至尾統一標示順序即可。

　　此外，不見得每一本書都有作者，因為也有可能是編者或是譯者，或是複數作者或編者或譯者，此時則選出一位當代表列出。再者，「著」是日文，表示作者所寫之意，絕不能書寫成「着」。書寫成「着」，那就成了搭乘交通工具到達之意。切記不要犯錯。以下整理各類參考書目必須具備的要項、資訊。

參考書目種類	具備的要項、資訊
（一） 書籍或字典類	1.作者或編者名字 2.出版年 3.書籍名稱 4.出版社名稱
（二） 收錄於書籍或論文集（含期刊雜誌）當中的論文、報導	1.作者名字 2.出版年 3.論文題目 4.書籍或論文集（含期刊雜誌）的編者名字 5.被收錄的書籍名稱或論文集（含期刊雜誌）名稱 6.該論文集（含期刊雜誌）的卷數、號數 7.出版社名稱（甚至有些會標至首都名，例如：「東京：岩波書店」或「台北：瑞蘭國際出版社」） 8.被收錄所在的頁碼

參考書目種類	具備的要項、資訊
（三） 報紙報導	1.報紙名稱 2.該報導所在的報紙發行時間（○年○月○日），以及早報或是晚報的區別 3.報導的標題
（四） 網路資料	1.知道作者是誰的話，盡量標明 2.網頁標題以及網址 3.瀏覽日期

接下來逐一明示各類情形的標示方式，以下範例中○○○○之處，意指人名。

A-1範例：書籍或字典當參考書目的標示情況

○○○○著（出版時間）『書名』出版社名

○○○○・○○○○・○○○○編（出版時間）『書名』出版社名

○○○○著・○○○○訳（出版時間）『書名』出版社名

○○○○代表著（出版時間）『書名』出版社名

○○○○代表編（出版時間）『書名』出版社名

A-2範例：書籍或字典當參考書目的標示情況

○○○○著『書名』出版社名（出版時間）

○○○○・○○○○・○○○○編『書名』出版社名（出版時間）

○○○○著・○○○○訳『書名』出版社名（出版時間）

○○○○代表著『書名』出版社名（出版時間）

○○○○代表編『書名』出版社名（出版時間）

A-1與A-2的差別，在於放置出版時間的地方不同。哪個方式都可以，只要全篇論文統一就可以。

　　還有，有些暢銷書籍上面列了第一版或多次再版的時間點，要列上哪個時間點呢？拿到一本書籍，如果有許多出版的紀錄，要寫的通常是距今最近的時間點，因為如果拿到的書籍是第一版的話，往往不會出現後來出版的時間點了。還有一點須注意的是，研究成果公諸於世，當然會有時間的先後順序，再版的時間點雖然在後，不見得是該時間點所提出的。應該注意該論點最早提出的時間點，也必須承認在那麼早的時間點提出對該領域的卓見。特別是整理研究動向時，這一點就更不能忽略。於是，當遇到這種情形，可以並列該書籍的第一版時間點與距今最近的時間點。如此完善地處理，就會減少不必要的困擾產生。建議可以參考使用B範例的標示方式。

B範例：多次出版之書籍或字典當參考書目的標示情況

○○○○著（距今最近出版時間・初版出版時間）『書名』出版社名
○○○○・○○○○・○○○○編（距今最近出版時間・初版出版時間）
　　　『書名』出版社名
○○○○著・○○○○訳（距今最近出版時間・初版出版時間）『書名』出版社名
○○○○代表著（距今最近出版時間・初版出版時間）『書名』出版社名
○○○○代表編（距今最近出版時間・初版出版時間）『書名』出版社名

　　為求美觀，建議同一本參考文獻的第二行，可以空三格再開始。

　　另外要參考收錄於某書籍或期刊的某篇論文的標示方式，須列出論文的作者、出版時間、論文名稱、收錄該篇書籍或論文期刊（須明列至△卷△号）名、收錄該篇論文的期刊的發行單位、頁碼等基本資訊。同樣的，可以依個人使用習慣或規定，變更上述基本資訊的排列順序，只要記得從頭至尾統一標示順序即可。

C範例：收錄於某書籍或期刊的某篇論文的標示方式

○○○○「論文名」○○○○編（出版時間）『書名』出版社名頁碼

○○○○「論文名」○○○○著・○○○○訳（出版時間）『書名』出版社名頁碼

○○○○「論文名」（出版時間）『雜誌名』○卷○号發行單位頁碼

○○○○「論文名」（出版時間）『紀要名』○号出版社名頁碼

○○○○「論文名」（出版時間）『新聞名』日付出版社名頁碼

○○○○「論文名」○○○○編（距今最近出版時間・初版出版時間）『書名』出版社名頁碼

○○○○「論文名」○○○○著・○○○○訳（距今最近出版時間・初版出版時間）『書名』出版社名頁碼

範例C中的第1、2、3、4、5例為沒再版情形，而第6、7例為再版的情形。端看出版時間是不是單一一個，就可以判別是否有再版的情形。

練習題（一）

下面三個練習題，是影印自三本書的最後一頁。請依上面的訊息，表示參考書目。

1.

読むための理論——文学・思想・批評

1991年6月15日　第1刷発行ⓒ

著　者　　石原千秋・木股知史
　　　　　小森陽一・島村　輝
　　　　　高橋　修・高橋世織
裝　幀　　高麗隆彥
発行者　　伊藤晶宣
発行所　　株式会社 世織書房
印　刷　　三協印刷㈱
製　本　　協栄製本㈱

〒240神奈川県横浜市保土ケ谷区天王町1丁目12番地12
　　　　　ダイヤモンドマンション
電話 045(334) 5554　振替 橫濱 5-186941
落丁本・乱丁本はお取替いたします　Printed in Japan
ISBN 4-906388-01-9

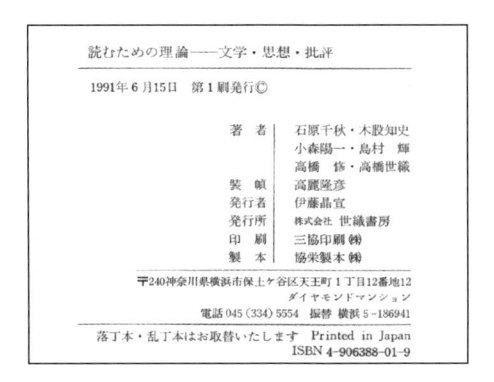

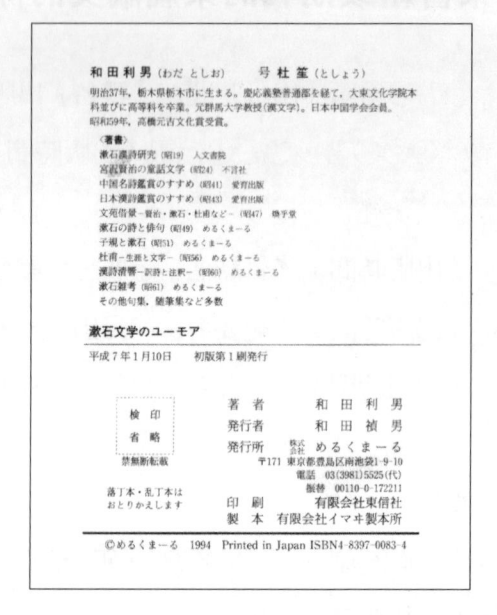

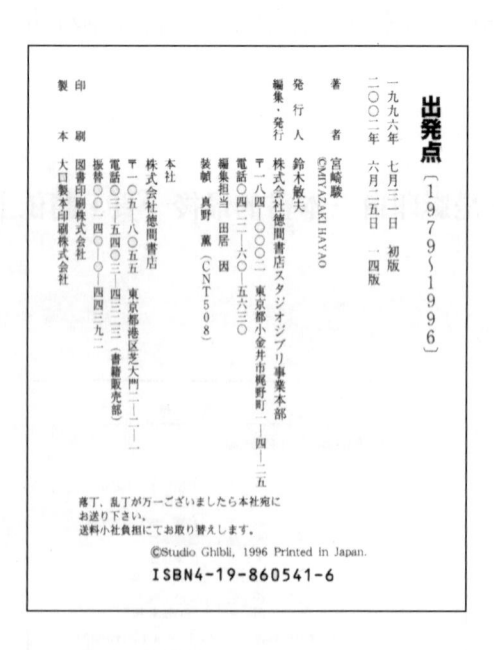

（資料來自該書的最後一頁版權頁）

2.

和田利男（わだ としお）　　号 杜箭（としょう）

明治37年、栃木県栃木市に生まる。慶応義塾普通部を経て、大東文化学院本科並びに高等科を卒業。元群馬大学教授（漢文学）、日本中国学会会員。昭和59年、高橋元吉文化賞受賞。

〈著書〉
漱石漢詩研究（昭19）人文書院
宮沢賢治の童話文学（昭24）不言社
中国名詩鑑賞のすすめ（昭41）愛育出版
日本漢詩鑑賞のすすめ（昭43）愛育出版
文苑借景―賀出・漱石・杜甫など―（昭47）塾子堂
漱石の詩と俳句（昭49）めるくまーる
子規と漱石（昭51）めるくまーる
杜甫―生涯と文学―（昭56）めるくまーる
漢詩清響―訳詩と注釈―（昭60）めるくまーる
漱石雑考（昭61）めるくまーる
その他句集、随筆集など多数

漱石文学のユーモア
平成7年1月10日　初版第1刷発行

検印省略　禁無断転載

著者　和田利男
発行者　和田禎男
発行所　株式会社　めるくまーる
〒171 東京都豊島区南池袋1-9-10
電話　03(3981)5525(代)
振替　00110-0-172211

落丁本・乱丁本はおとりかえします

印刷　有限会社東信社
製本　有限会社イマサ製本所

©めるくまーる　1994 Printed in Japan ISBN4-8397-0083-4

（資料來自該書的最後一頁版權頁）

3.

出発点〔1979〜1996〕

一九九六年　七月三十一日　初版
二〇〇二年　六月二十五日　一四版

著者　宮崎駿　©MIYAZAKI HAYAO
発行人　鈴木敏夫
編集・発行　株式会社徳間書店スタジオジブリ事業本部
〒一八四-〇〇〇二　東京都小金井市梶野町一-四-二五
電話　〇四二二-六〇-五六三〇
編集担当　田居因
装幀　真野薫（CNT508）

発行　本社　株式会社徳間書店
〒一〇五-八〇五五　東京都港区芝大門二-二-一
電話　〇三-五四〇三-四三三三（書籍販売部）
振替　〇〇一四〇-〇-四三九二一

印刷　図書印刷株式会社
製本　大口製本印刷株式会社

落丁、乱丁が万一ございましたら本社宛にお送り下さい。送料小社負担にてお取り替えします。

©Studio Ghibli, 1996 Printed in Japan.
ISBN4-19-860541-6

（資料來自該書的最後一頁版權頁）

五、參考書目羅列時應注意事項

　　撰寫一篇論文或一本書，必然會有一定數量的參考書目，此時需要具備分類的概念。就像為了方便區分一個班級的學生，每個人都擁有按照順序的專屬學號，所以，參考書目也需要有個排列的基準。

　　常見的排列基準，有作者（編者）名的五十音順序、書籍名的五十音順序、作者名（編者）的筆劃順序、書籍名的筆劃順序、書籍出版時間順序等等。初學者可以遵照論文指導教授的規定，或拿出一本該領域代表論文集來參考慣例，從中學習一個基準排列即可。畢竟論文的撰寫人是你自己，論文是你的代表之作，當然你本身擁有統籌安排的權利，只要不違背外界的認知，選擇一個固定的排列基準，自始至終貫徹到底，就是最好的選擇。

　　如果一定要給建議的話，筆者個人喜歡用書籍（論文）出版時間順序當基準來排列。因為可以一眼看出，論文撰寫者參考的書目所使用最古老的資料與最新的資料的出版時間。如此一來，可以方便學界用來評斷該論文撰寫者是否具有宏觀的視野，以及鑑古且能掌握當前研究現況的敏銳度。不過，如果是投稿期刊雜誌的話，最好還是遵循該期刊雜誌徵稿章則的規定，以免讓該期刊雜誌編輯委員會以格式不符為理由，而決議退件。

　　再者，只是撰寫一篇論文，參考書目、資料、文獻的數量，當然也不會太多。但是如果是撰寫碩、博士論文，一般使用參考書目、資料、文獻的數量，就會多出許多。此時建議利用分類的概念，先從語種大致分成日文類、中文類，之後再於各自語種當中細分成書籍類、期刊雜誌類、新聞類、網路資料類等。採用這樣的參考書目的呈現方式，會達到井然有序的效果。另外，參考書目、資料、文獻的數量多的話，也可以考慮加入阿拉伯數字（用半形字型）依序編號。建議可以參考下列的分類羅列方式。

參考書目分類羅列範例：

参考文献（年代順）

（一）日本語關係

Ⅰ.単行本

1. 桜井厚（2002）『インタビューの社会学――ライフストーリーの聞き方――』せりか書房
2. 賴錦雀（2004）『日本語感覚形容詞研究論文集』致良出版社

Ⅱ.機関雑誌類

1. （2004）『ユリイカ宮崎駿とスタジオジブリ』第36巻第13号第12月号青土社
2. 因京子（2008）「社会文化技能を育てる教材の開発に向けて」『台湾日本語文学報』24台湾日本語文学会

Ⅲ.新聞、辞典、インターネット類

1. 社会実状データ図録（2008）http://www2.ttcn.ne.jp/honkawa/3820.html （2010年5月13日閲覧）

（二）中国語關係

Ⅰ.単行本

1. 王岳川（1998・初版1993）『後現代主義文化研究』淑馨出版社
2. 佐藤春夫著・邱若山訳（2002）『佐藤春夫――殖民地之旅』草根出版事業有限公司

Ⅱ.機関雑誌類

1. 曾秋桂（2008）「試圖與日本近代文學接軌，反思國族論述下的張文環文學活動」『台灣文學學報』第十二期　政治大學台灣文學研究所

Ⅲ.新聞、辞典、インターネット類

1. 東方出版社編輯委員會編著（1994）『東方國語辭典』東方出版社

六、參考書目的羅列範例

　　上述的範例是根據各類資料的不同性質（或是書籍或是期刊論文）分類而成。經過上面的說明，對於排列方式應該有了初步的理解。接下來舉出的參考書目的範例，是實際用於單篇論文發表時附加於論文最後的參考書目，請參考。因為是單篇發表論文的參考書目，其參考書目的數量並不會像碩、博士論文那麼多，此時就不需要用到分類的概念，一一分類列出參考書目。建議可以像以下的參考範例一樣，將全部參考書目依出版順序羅列出來。為了方便起見，舉出日本語學類與文學類二種常見的羅列範例，供作參考。

範例1：日本語學、日本教育相關

参考文献（著者名五十音順）

ウヴェ・フリック著・小田博志他訳（2002）『質的研究入門——〈人間の科学〉のための方法論』春秋社

（財）海外技術者研修協会（2007）「平成18年度構造変化に対応した雇用システムに関する調査研究」http://www.meti.go.jp/press/20070514001/gaikokujinryugakusei-hontai.pdf（2010年5月閲覧）

京都大学高等教育研究開発推進センター・財団法人電通育英会（2008）『大学生のキャリア意識調査2007調査報告書』http://www.dentsu-ikueikai.or.jp/Files/research/report/chosa_report2007.pdfP1（2010年5月閲覧）

経済産業省（2004）「外国人労働者問題——課題の分析と望ましい受入制度の在り方について」http://www.rieti.go.jp/jp/events/bbl/bbl051006.pdf（2010年5月閲覧）

戈木クレイグヒル滋子編（2008）『質的研究方法ゼミナール増補版——グラウンデッドセオリーアプローチを学ぶ』医学書院

蔡茂豊（2003）『台湾日本語教育の史的研究』大新書局

桜井厚（2002）『インタビューの社会学——ライフストーリーの聞き方』せりか書房

佐々木倫子・細川英雄・砂川裕一・川上郁雄・門倉正美・瀬川波都季（2007）『変貌する言語教育——多言語・多文化社会のリテラシーズとは何か』くろしお出版

社会実状データ図録（2008）http://www2.ttcn.ne.jp/honkawa/3820.html （2010年5月閲覧）

谷富夫編（2008）『新版ライフヒストリーを学ぶ人のために』世界思想社

淡江大學校友服務暨資源發展處（2008）『96年度畢業生滿意度與就業概況調查報告』淡江大學

因京子（2008）「社会文化技能を育てる教材の開発に向けて」『台湾日本語文学報』24台湾日本語文学会

中華民國統計資訊網「臺灣地區失業者之年齡、教育程度與失業週數」http://win.dgbas.gov.tw/dgbas04/bc4/manpower/year/year_f.asp?table=62（2010年5月13日閲覧）

陳韻宇（2008）『大學畢業生學校學習經驗對其就業力之影響』交通大學經營管理研究所碩士論文

陳書偉（2007）『台灣大專畢業青年就業力之結構方程式模型分析』交通大學經營管理研究所碩士論文

陳瑞蓮（2001）『日文系畢業生出路調查』中國文化大學日本研究所碩士論文

西口光一編著（2005）『文化と歴史の中の学習と学習者——日本語教育における社会文化的パースペクティブ』凡人社

劉芳妤（2007）『應用外語系畢業生職業選擇決策因素階層之研究』國立雲林科技大學技術及職業教育研究所碩士班碩士論文

林長河（2007）『学習者のニーズに応じる日本語教育研究──コース・デザインの理論と実践』致良出版社

範例2：日本文學、文化相關

参考文献（年代順）

宮崎駿（2002・初版1996）『出発点1979〜1996』徳間書店

宮崎駿（2007・初版1997）『ユリイカ総特集宮崎駿の世界』第29巻第11号青土社

養老孟司編（2007・1999初版）『フィルムメーカーズ⑥宮崎駿』キネマ旬報社

宮崎駿（2002）『風の帰る場所ナウシカから千尋までの軌跡』ロッキング・オン

中島利郎・川原功・下村作次郎監修（2002）『日本統治期台湾文学集成2台湾長篇小説集二』緑蔭書房

スーザン・J・ネイピア著・神山京子訳（2002）『現代日本のアニメ『AKIRA』から『千と千尋の神隠し』まで』中央公論新社

林保淳（2003）『古典小説中的類型人物』里仁書局

（2004）『ユリイカ宮崎駿とスタジオジブリ』第36巻第13号第12月号青土社

佐々木隆（2005）『「宮崎アニメ」に秘められたメッセージ』KKベストセラーズ

岸正尚（2006）『宮崎駿、異界への好奇心』菁柿堂

（2008）『別冊カドカワ総力特集「崖の上のポニョ」スタジオジブリ』角川書店

（2008）『ジブリの森とポニョの海　宮崎駿と「崖の上のポニョ」』角川書店

第7課

日文加入註腳的方式

學習重點說明

- ➲ 撰寫專題報告或學術論文時,加入註腳的重要性。
- ➲ 常見各類不同註腳的名稱。
- ➲ 標示「脚注」的方法。
- ➲ 標示「脚注」的注意事項。
- ➲ 標示「脚注」的參考範例。

專題報告或學術論文，不能引用別人的學說，這是個錯誤的概念。相反的，要多多瀏覽並引用他人的言論或學說才對。然而，引用了別人的學說後，自己被別人牽著鼻子走，無所適從地反而更不知道自己還能提出什麼見解，的確是必經的陣痛。要訓練到適時適宜地引用他人的學說或研究成果，再從中透過比較、分析的過程，提出自己客觀的見解，才是樂見的研究態度。如果沒有引用參考資料、文獻的話，那充其量只不過是一篇個人的感想文而已。確實也有一部分的人，以連一篇參考書目都沒有引用的評論方式來撰寫論文，那是因為那位先知有足夠的學術地位。可是要知道人家可以累積至崇高的學術地位，是需要長時間鑽研學術，歷經「台上一分鐘，台下十年功」的千錘百鍊後，才能獲得的成果。初學者在剛學習階段，不適宜擅自模仿使用評論方式撰寫論文，建議還是老老實實一步一腳印地從初階學起，以求在穩定中成長。

　　撰寫專題報告或學術論文時，需要閱覽許多前輩們所提出的可供參考的學說、論點，並將該論點所刊載的書目當作參考書目列出，此概念須明確建立。撰寫專題報告或學術論文時，須引用參考資料、文獻的共識形成之後，絕對不要忘記交代資料的來源、出處。不交代出處的話，會被認為是該論文執筆者的言論。專題報告或學術論文的成品是白紙黑字，若遇到有心人士的舉發就百口莫辯了。被質疑違反學術倫理或觸犯著作權等問題，須擔負起法律的責任，因此凡事小心為上。所有不是自己的言論而是引用自他人學說的地方，切記一定要交代資料來源、出處。

　　本單元將學習各類不同的註腳名稱與加上註腳的方式。

一、常見各類不同的註腳名稱

在中文的文章裡，有需要加上說明的地方，通常會使用加註腳的方式來補充說明。日文叫做「注をつける」，而日文的「注」，會因為擺放的位置不同，有不同的稱呼方式產生。舉出下面幾個常見的「注」來說明。

日文名稱	說明
（一）頭注	擺放於書本或論文內文上方處（參閱圖1）
（二）脚注	擺放於書本或論文內文下方處（參閱圖2）
（三）後注	擺放於論文全文之後（參閱圖3）
（四）補注	擺放於整本書本內文之後（參閱圖4）
（五）割り注	擺放於論文內文左邊或是右邊的空白處（參閱圖5）

圖1：日文「頭注」

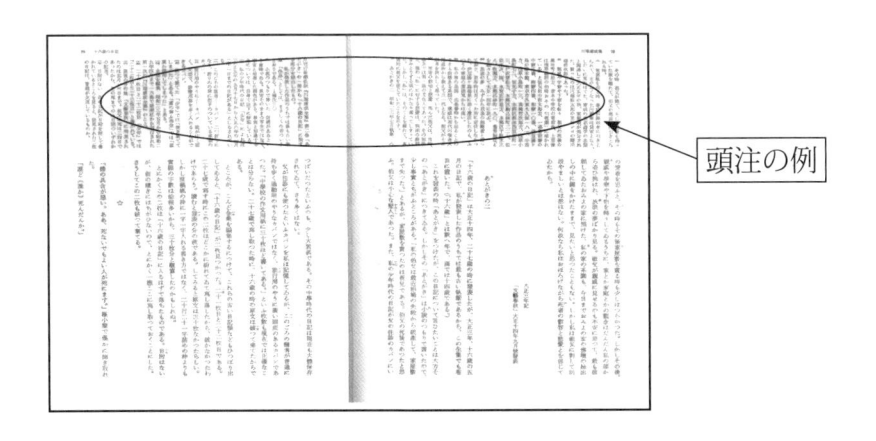

（資料來自於長谷川泉・神谷忠孝注釈（1987・1972）『日本近代文学大系42川端康成・横光利一集』角川書店P78-79）

圖2：日文「脚注」

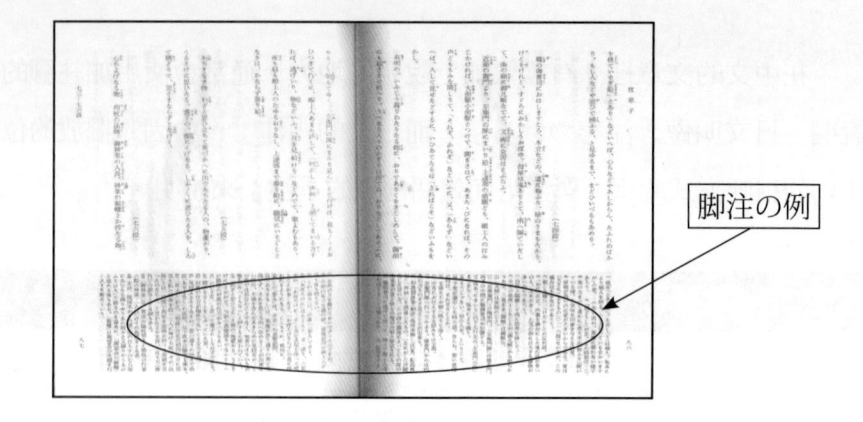

脚注の例

（資料來自於渡辺実校注（1997・1991）『新日本古典文学大系25枕草子』岩波書店P86-87）

圖3：日文「後注」

後注の例

（資料來自於落合由治文章）

圖4：日文「補注」

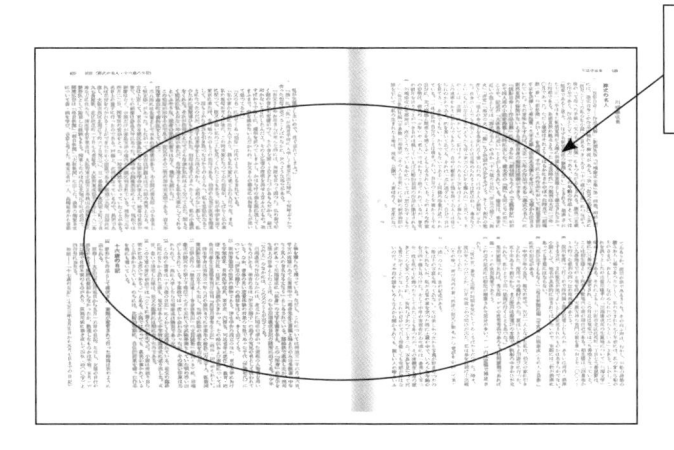

[図書の最後に付けた注釈・補注の例]

（資料來自於長谷川泉・神谷忠孝注釈（1987・1972）『日本近代文学大系42川端康成・横光利一集』角川書店P428-429）

圖5：日文「割り注」

[MS-Wordで校正用に付けた注解]

（資料來自於落合由治文章）

　　交代資料來源、出處或是補充說明、解釋名詞時，最方便的方法就是加上註腳。且因為註腳擺放的位置不同，名稱也會不一樣。任何一種註腳沒有優劣之分，只有習慣性不同的差別而已。像日本習慣用「後注」的方式加註腳，但在台

灣則習慣用「脚注」的方式加註腳。其原因之一，不外乎是因為「脚注」的註腳與本文位在同一頁，非常方便閱讀。甚至在台灣發行的日文學術性期刊、雜誌，幾乎都是明文規定：投稿論文須用「脚注」標示。另外，日本人文社會科的論文習慣用直式書寫，在台灣則是習慣用橫式書寫。可能是由於橫寫的緣故，台灣目前發行的日文相關的學術期刊、雜誌上，都習慣規定用「脚注」標示。

二、標示「腳注」的方法

　　因為在台灣習慣用「腳注」方式加註腳，在此就舉「腳注」當例子來說明。假設在電腦Word的環境下處理一篇論文，將游標擺放於想加註腳的地方，之後再用滑鼠點選電腦畫面最上面一排選項中的「插入」，繼之點選「參照」，然後再點選「註腳」。此時會呈現（註腳及章節附註）的畫面，在此畫面中直接點選最後一行的「插入」，此時游標會自動落在該頁的最下方。在游標處就可以直接鍵入資料來源、出處或是想補充的說明、解釋名詞等。同樣的動作重複而下，電腦則會依順序由1至2、3、4……而下的順序排列序號。假使論文寫作途中還要回頭增加註腳的話，一樣再重複剛剛的動作，電腦就會自動更換序號，不必擔心序號會因此出差錯。

　　若是交代資料出處或引用他人論說，則請加註腳至資料出處的頁碼，也就是說，要標示出自哪一本書或論文的第幾頁。如果能交代至頁碼的話，顯示不怕別人找出該資料來確認其真實性，藉此正可以增加資料來源的可信度，以及該篇專題報告或學術論文的信賴度。如果註腳上面沒有標示到頁碼的話，很容易被誤認為「不追溯原先典故的投機取巧引用」，日文稱為「孫引き」。那是假使從一本書看到想引用的論點或學說，不去尋找源頭就照樣抄錄下來的引用方式。在學術界上，這是不被接受的方式。

三、標示「腳注」的注意要項

注意要項	重 點 說 明
（一） 「腳注」標示的方法	（Word的環境下電腦畫面最上排）點選「插入」→點選「參照」→點選「註腳」→（註腳及章節附註畫面）點選「插入」→游標處鍵入文字或資料來源
（二） 「腳注」處須顯示之基本資訊	資料來源之1.作者名2.出版時間3.書名或論文名4.出版社名稱5.資料出處的頁碼。
（三） 同一份資料的重複使用	處理方式： 1.於第二次出現「腳注」處，標示「同注○」字樣，○處請標示該「腳注」第一次出現時的序號。由於還是未定稿的狀態，往往會因為途中加入新的註腳，序號會有所更動而錯誤。 2.於第二次出現「腳注」處，用日文標示「同前揭○○書」或「同前揭○○論文」字樣，○○處請標示該「腳注」第一次出現的書籍作者姓名或論文作者姓名。
（四） 使用網路資料	處理方式： 標示網址，但因網頁上的資訊常常更替，建議加入瀏覽日期。例如：於網址之後加上日文（○年○月○日閱覽）字樣。
（五） 避免被認為：不追溯原先典故的投機取巧引用方式，日文稱為「孫引き」	處理方式： 交代註腳資料來源，出處盡量完整，建議標示至頁碼。大方提供資料來源、出處，便利閱讀者找出典故。確認引用資料，以及確認資料引用者是否正確引用、有沒有解讀錯誤。

　　標示註腳的方法，只要多操作幾次電腦就會熟悉，不用太擔心。必須交代註腳資料來源、出處的基本訊息，但是出現的前後順序，沒有一定要照這樣順序排列不可，只要專題報告或學術論文的作者，個人從頭至尾統一規格，以整齊、美觀為最高原則就可以了。但是切記一定要標至資料來源、出處的頁碼，才比較能

取信於人，獲得較高的評價。如果多次引用同一份資料的話，有二個做法。第一個方法可以標示「同注○」的字樣。第二個方法可以標示「同前揭○○論文」或「同前揭○○書」。建議使用第二種方法，因為怕中途新增註腳，電腦會自動更換序號。比方說原先註腳的序號是「2」，因為新加入了註腳，電腦會自動更換序號為「4」，於是原先的「同注2」的標示就錯誤了。正確應該標示「同注4」才對，這類錯誤可以透過全部論文完成後的校對工作來訂正。審查論文時，當遇到該論文是「同注○」來標示的話，都會特別注意確認內容是否正確。往往十之八九的序號，都是因為校對的功夫不夠徹底，才會錯誤百出。如果使用第二種方法的話，就不怕犯錯了。還有因為網路常會不定時更新，使用網路資料一定要標明瀏覽日期，以示負責。至於不追溯原先典故的投機取巧引用方式「孫引き」，被視為禁忌，不要冒犯為佳。

四、用「脚注」標示資料來源的文章範例

　　2006年に発表された厚生労働省の「日本人の平均余命平成18年簡易生命表」[1]によると、高齢化が進んでいる日本では、男性の平均寿命が79.00才であるのに対し、女性は85.81才となっている。こういった社会事情に、アニメ作家として世界的に名高く、日本国内でも「比類なきブランド力を持つスタジオジブリという独立国」[2]を創出したと位置づけられている宮崎駿は、目を向けている。それは、最新作『崖の上のポニョ』を公開してから、『菊とバッド』、『東京アンダーワールド』の著者ロバート・ホワイティングのインタビューを受けた際の内容から分かる。『崖の上のポニョ』に「これだけの老人が出てくるというのは、アニメーションとして珍しいことなのではないか」[3]というホワイティングの問いに対して、「日本は高齢化社会になっていますから[4]」と答えた上、自分も「中期高齢者」[5]だと表明している。こうしたコメントから、宮崎駿自身が67才の老境に入ろうとしていることを深く自覚している[6]ことが窺える。

---

[1] http://www.mhlw.go.jp/toukei/saikin/hw/life/life06/index.html
[2] 津堅信之（2008）「比類なきブランド力を持つアニメーション・スタジオの足跡スタジオジブリという独立国」『別冊カドカワ総力特集「崖の上のポニョ」スタジオジブリ』角川書店P128-131
[3] （2008）「long interview宮崎駿」井上伸一郎『ジブリの森とポニョの海　宮崎駿と「崖の上のポニョ」』角川書店P40
[4] 同前（2008）「long interview宮崎駿」P40
[5] 同前（2008）「long interview宮崎駿」P90では、「僕はまだ67歳で、後期高齢者ではないですけれど、中期高齢者です」と述べている。
[6] 宮崎駿は1941年1月5日東京の生まれである。

第8課
撰寫研究動機

學習重點說明

- ➲ 撰寫研究計畫書的重要性。
- ➲ 研究計畫書須具備的基本要項。
- ➲ 撰寫研究動機的訣竅。
- ➲ 撰寫研究動機時常見的日文表現句型。
- ➲ 研究動機的參考範例。

不論國內報考研究所或申請出國進修深造，必備資料之一為「研究計畫書」。該單位的師長或長官判斷該研究題目是否符合該系所設立的宗旨？該研究題目是否可以達到預期效果？申請人本身對於未來想研究的題目是否有一定程度的認知？這些疑慮都是透過「研究計畫書」來找到答案。換言之，「研究計畫書」即是最高的判斷指標。在該單位尚未認識當事人之前，「研究計畫書」就如同身分證，代表一個人，也往往成為是否能獲得肯定的重要關鍵。不用說，「研究計畫書」當然重要了。

本單元以及之後設計安排的課程內容，將會逐步仔細說明「研究計畫書」基本要項。本單元先就研究動機開始說明，教讀者學習如何撰寫研究動機。

一、研究計畫書須具備的基本要項

名稱	內容說明
（一） 研究動機	以盡量合理、具有說明力的方式說明清楚，是基於什麼動機開始撰寫論文。
（二） 先行研究	研究本身就是成果的累積，在前人的輝煌的研究成果下，再次確認該研究的必要性。例如打算銷售迷你裙，不是妄然開始銷售，須先做些功課才能保證獲利。像是事先做些市調來了解目前市場的需求量、市場上迷你裙的材質和長度、能廣泛被接受的年齡層等等之後，才能開發出與眾不同的迷你裙。瀏覽先行研究的意義，也是在此。

名稱	內容說明
（三） 研究內容與研究方法	內容太過含糊、考察的標的沒有具體化，都可以在此再次具體重申。另外研究方法論，也非常重要。「工欲善其事，必先利其器」，方法是到達目標的捷徑。例如打算從台北到高雄，若不知道有高鐵這樣便利和快速交通工具，而用雙腳一直走到高雄，想必要花不少的時間與精力，卻不見得與所得成正比。
（四） 研究價值（意義）與今後課題	研究有何意義？有何價值？正是該論文是否有必要執行的關鍵點，因此必須認真釐清這一點。而完成該研究之後，又打算如何延續成果？今後的研究課題，也是有必要大方地規劃、提起一番。

「研究計畫書」基本上須具備四大要項：（一）研究動機、（二）先行研究、（三）研究內容與研究方法、（四）研究價值（意義）與今後課題等。當然遣詞用句或許有些微的差異，但是大體上少不了這些基本要項。此外，有些單位會依需要限制「研究計畫書」的字數，但是常見的要求約莫1000字至4000字不等。為了符合規定，建議可以斟酌增減第2項的先行研究的內容。再者，國內研究所中有些會要求一定要用日文書寫，有些則要求中、日文擇一書寫。凡事以符合規定為最高指導原則，否則違反規定，吃虧的是自己。撰寫此四大要項應注意之細節，請參考上列表格。

二、撰寫研究動機的訣竅

撰寫研究動機有訣竅，初學者和非初學者有不同的方法，如下：

（一）初學者的情況

名稱	說明
1.研究契機	說明與該題目「邂逅」的過程。
2.吸引人的地方與被吸引的理由	說明該題目的什麼地方吸引人？原因為何？
3.具體確立研究題目	具體確立、凸顯研究題目。

初學者的話，可以利用「真實感人」的策略贏得好感。提到「研究契機」時，可以老實提說怎麼與該題目的第一接觸。例如大學時代上了某個課程，在該課程中對某個地方特別感興趣。然而，只是這般像說故事一樣寫的話，真的可以嗎？就一個還沒寫過專題報告或學術論文的初學者而言，與其高談闊論、長篇大論，裝紙老虎嚇人，還是明哲保身、老實為要。

日本因少子化缺乏學生來源，在日本政府的大力推動之下，以獨立行政法人日本學術振興會為中心，推行「全球化30」（增收留學生至30萬人）計畫。內容為要求幾所明星國立、私立大學名校，配合擴大招收外國私費留學生，預計2030年招收外國留學生（含私費生）共達30萬人左右。這人數是1980年代末期日本首相中曾根康弘極力鼓吹招收10萬名私費留學生員額的三倍。而日本的大學教授們大多土生土長在日本國內，即使足跡遍布全球的大學教授，還是最有興趣知道留學生為什麼要來日本學習該研究題目。因為同是日本人，對於長時間接觸的日本的種種，都覺得太理所當然。如果透過留學生的口中得知，該學生要來日本學習該研究題目的來龍去脈的話，相信更能引發他們的興趣。初學者與其亂扯一通，倒不如說說自己的經歷，較為真實感人。有了與該題目的第一類接觸之後，該領

域又有什麼地方最吸引你本人？原因又分別為何？初學者可以闡明一下被吸引的地方與理由。最後，在闡述了被吸引的地方與理由之後，別忘了要把選定的研究題目再具體陳述一番，才是完整的研究動機。

（二）非初學者的情況

名稱	說明
1.研究契機	介紹研究的經歷，先提到自己曾經在什麼時候，以什麼題目撰寫過專題報告或學術論文。
2.前項研究所獲得的成果	具體陳述獲得了怎麼樣的研究成果。
3.具體確立研究題目	以目前獲得的研究成果當基礎，延續未解決的課題，繼續往下鑽研。

非初學者的話，可以利用「研究資歷」的策略獲得優勢。假如已經有過撰寫專題報告或論文經驗的人，如果是延續前一個研究的話，可以先提自己曾經在什麼時候、以什麼題目撰寫過專題報告或論文，且獲得了怎麼樣的研究成果，而當前打算以該成果為基礎，延續未完課題，繼續往下鑽研，最後再闡述具體的研究題目，這樣就可以結束。此種撰寫方法，會給人思緒清晰、確實掌握了研究的一貫性，必能留下良好的印象。

三、撰寫研究動機時常見的日文表現句型

　　無論初學者或非初學者，撰寫研究動機時須注意到下面二點：1.用「である」體書寫，2.字數約莫300字左右。根據上述撰寫研究動機的訣竅，可分為「基本版」與「進階版」二種不同的程度。「基本版」適合生平第一次寫論文的人士，而「進階版」則適合已經具備一些論文基礎概念，以及撰寫過論文或報告的人士。在介紹範例之前，先學習撰寫研究動機時常見的日文表現句型。

撰寫研究動機常見之日文表現句型：

> 1.現状の紹介、あるいはこのテーマに出逢ったきっかけへの説明
>   いつ、どこで、～をした。それ以来、～をし始めた。
>   （簡單介紹當前的狀況，或是說明與該題目第一類接觸的過程）
> 2.その中で、特に～に対して、次第に興味を持つようになった。
>   （說明最被吸引的地方）
> 3.それは～からである。
>   （說明最被吸引的理由）
> 4.従って、～を研究テーマに研究を進めて行きたいのである。
>   （加強具體說明研究題目）

　　利用撰寫研究動機時常見的日文表現句型，有大四學生完成了以下的範例，請參考看看。

研究動機參考範例：

日中翻訳対照研究
——村上春樹の『海辺のカフカ』を例として——
余　坊瑩

　大学3年生の時、「翻訳」の授業で、初めて日本語から中国語への翻訳を体験した。最初は、中国語と日本語の語順の違いや考え方の文化的相違に大変悩んだが、よく考えてみれば、それこそ異文化間のコミュニケーションにおいて、翻訳が大事な役割を持っていることに気がついた。

　例えば、現代の日本人作家・村上春樹の有名な『海辺のカフカ』の中国語訳を例に見てみよう。同じ日本語から中国語への訳にしても、中国大陸側の代表翻訳家・林少華は「直訳」を主にしたのに対し、台湾側の代表翻訳家・頼明珠は「意訳」を主にしている。この両者の訳には、明らかな違いが見られる。何故、こんなにも明白な違いが出たのであろうか。そのことに、私は大変興味を持った。恐らくは、翻訳する際に使ったテクニックの違いによるものであろう。それによって、出来あがった翻訳作品のイメージに大きな違いが生じたのだと考えられる。

　そこで、本論文では、『海辺のカフカ』における林少華の訳と頼明珠の訳を中心に比較し、翻訳テクニックの操作によって生じた言語表現の差異を探ることを目標とした。研究のテーマは、「日中翻訳対照研究——『海辺のカフカ』を例として」とし、考察を進めて行くつもりである。

練習題（一）

試著用下面的句型，練習寫寫看研究動機。

> 　大学3年生の時、〜〜〜〜〜〜〜〜〜〜〜〜〜をした。
> 　その中で、〜〜〜〜〜〜〜〜〜〜〜が興味深く感じられる。それは、〜〜〜〜〜からである。
> 　従って、本論文は、〜〜〜〜〜〜〜を研究テーマとして考察を進めて行きたいのである。

四、研究動機範例

A範例：基本版

村上春樹文学における音楽の意味
——村上春樹の初期三部作を中心に——
李　柏緯

　　最初に村上春樹の作品に触れたのは、2006年に出版された『東京奇譚集』である。丁度、その時村上春樹はノーベル賞の有力候補として話題になっていた。それで、村上春樹の作品に注目し、『東京奇譚集』を買って読んだ。

　　『東京奇譚集』を読んでいると、作品の中には形容しがたい特別な孤独感が隠れていて、その感覚はまるで作家と読者との対話のように感じられた。そのほか、音楽も多く作品の場面に取り入れられていることに気がついた。一つの文学作品に、孤独感と音楽とが混合され表現されていることに、心を惹かれた。作品に溢れている孤独感と取り入れられた音楽とは、いったいどのように一つの作品で融合しているのか、そのことに大変興味を抱いた。

　　そこで、本論文では村上春樹文学における音楽の意味について考察することにした。

　　此範例為當時是大四的同學第一次撰寫研究計畫時的作品。單純敘述研究原委，有其純真、樸實的力量，深深打動人心。

B-1範例：進階版

> 川端康成文学における死生観
> ——「万物一如・輪廻転生」と「魔界」を中心に——
> 王　薇婷
>
> 　大学時代、「川端康成の作品における女性像の研究」を卒業論文のテーマに、『伊豆の踊子』と『雪国』に描かれた女性の身体描写を探求した。その結論として具体的な仕草はもちろん、抽象的な「声」も両作品の女性像に重要な意義を持つ特徴であるという結果を得た。その後、戦後の『千羽鶴』、『山の音』、『眠れる美女』の作品を読み進めた。戦後作品の『千羽鶴』の太田夫人や『山の音』の保子の姉など、主人公が憧れを抱く女性達は、殆どが「死」のイメージと重なっていることに気が付いた。また、憧れている女性像の死のイメージと同時に、『山の音』と『眠れる美女』の主人公もまた、自分の死と老いに直面する描写が目立っている。このように、戦後の川端が描いた女性像には、女性から死へと繋がる側面が窺える。そこで、川端文学における「死生観」に興味を持つようになり、それを研究テーマに決めたのである。

　　此人曾經於大學時代寫過畢業論文，也參加過國內研究所考試提交過一次研究計畫書，這是第三次撰寫的研究計畫，並且以此計畫考取日本交流協會的公費獎學金赴日留學。由於閱讀了不少川端全集中的作品，因此其內涵與深度比起基本版的又多了些，慢慢已經具有研究的雛形。

B-2範例：進階版

漱石文学における「絵画」の意味
――第一の三部作『三四郎』、『それから』、『門』から見て――
林　慧雯

　漱石の「『三四郎』『それから』（明治四二）、『門』（明治四三）が三部作と呼ばれ、さらには『彼岸過迄』（明治四五）、『行人』（大正一―二）、『こゝろ』（大正三）がしばしば第二の三部作といわれ」[1]ている。周知の通り、『三四郎』はいわゆる「教訓小説」[2]や「青春小説」[3]として、『それから』と『門』は「姦通文学」[4]や「純愛不倫文学」[5]とされている。橋本志保の指摘[6]のように、従来の研究では恋愛の視点から解析したものがよく見られ、恋愛をキーワードとして、第一の三部作全体を通して見ることが可能だとすると、その他にも、三部作を通じて関係の深い「絵画」を共通の視点として捉え直す可能性もありうるであろう。

　「絵画」の視点でこの三部作を解読しうることは、先行論究でも示唆している。芳賀徹が指摘したように、『三四郎』は「絵画小説と呼んでみて

---

[1] 高田瑞穂（1984）『夏目漱石論――漱石文学の今日的意義――』明治書院 P185

[2] 秋山公男（1975、初出）「『三四郎』小考――「露悪家」美禰子とその結婚の意味――」玉井敬之・村田好哉編（1991）『漱石作品論集成　第五巻』桜楓社P115

[3] 角田旅人（1978、初出）「『三四郎』覚書――美禰子と三四郎――」玉井敬之・村田好哉編（1991）『漱石作品論集成　第五巻』桜楓社P135

[4] 大岡昇平（1984）「姦通の記号学――『それから』『門』をめぐって――」　相賀徹夫発行（1991）『群像　日本の作家1　夏目漱石』P48

[5] 相良英明（2006）『夏目漱石の純愛不倫文学』鶴見大学比較文化研究所P40

[6] 「読みの多様性、複数の読みの可能性を探る行為だとしかいいようがない。何を中心化するのかで、読むたびに違う物語、異なる意味が産出されてしまうのが、『三四郎』というテクスト」であると指摘されている。　橋元志保（2005）「夏目漱石『三四郎』論――美禰子の像を中心に――」国学院大学大学院紀要――文学研究科――第三十七輯P206

もよ」[7]く、「『三四郎』は洋画＝油絵小説なの」[8]である。『三四郎』はもちろん、『それから』と『門』にも絵画的な雰囲気が漂っている。『それから』の主人公代助は頭の中で想像したヴァルキイルの絵を注文し、兄の家の欄間に置いた。また作中に現われた青木繁の「わだつみのいろこの宮」[9]の意味も注目される。続いて、『門』における抱一の屏風絵も大切なモチーフと思われ、この屏風は「過去の記憶のよみがえり」[10]という役目を果たし、「『門』のなかで酒井抱一の屏風絵は、確かにそのような宿命の紡ぎ手をしている」[11]と芳賀徹は指摘している。また、宗助家に正月を迎えるための墨画の梅も注目すべきである。そこで、本論では今までまだ指摘が少ない「絵画」を視点としてこの三部作全体を見直してみたい。

---

[7] 芳賀徹（1990）『絵画の領分』朝日新聞社P374
[8] 芳賀徹（1990）『絵画の領分』朝日新聞社P374
[9] 作中は明らかに指名しないが、田中日佐夫がそれは青木繁の「わだつみのいろこの宮」だと推論した。田中日佐夫（1998）「『それから』に記述された画家と、表現上の視覚的イメージ操作について」　小森陽一・石原千秋（1998）『漱石研究』翰林書房P59
[10] 芳賀徹（1990）『絵画の領分』朝日新聞社P366
[11] 芳賀徹（1990）『絵画の領分』朝日新聞社P368

此人大學時代沒有寫過畢業論文，除了考國內研究所撰寫的第一次，這是第二次撰寫的研究計畫書。這一份，是為了取得提交碩士論文的資格，而參加在籍學校的期中發表所繳交的研究計畫書。此人因為閱讀了不少相關主題的作品以及先行研究等做了充分準備，此外並利用有系統地整理、鋪陳先行研究來堆砌出一篇令人覺得值得研究的主題，所以也深具說服力。其內涵與深度是可以肯定，也大略具有研究的架勢以及雛形。

第9課
日文引用格式（一）

學習重點說明

- 常見各類不同的引用方式。
- 常見引用書目的日文句型。
- 三明治的引用格式。
- 引用參考書目應注意要項。
- 三明治的引用格式參考範例。

撰寫專題報告或學術論文，需要適時適宜地引用參考書目，而引用的參考書目，更需要如實交代資料的來源、出處。有此共識之後，本單元要學習如何將參閱書籍、資料、學說，嵌入自己的專題報告或學術論文當中。

一、常見各類不同的引用方式

	名稱	內 容 說 明
（一）文字	1.一句話或數行的引用方式	自己的文章當中，嵌入他人的一句或數行的主張，之後又是自己文章的引用方式。為了方便記憶，將該引用方式命名為「三明治的引用方式」。
	2.一大段文章的引用方式	自己的文章當中，插入他人的一大段主張，之後又是自己文章的引用方式。重點是必須明白區隔出從哪裡至哪裡是他人的主張，而自何處開始又是自己的文章。因此，必須特別注意文章的格式。
	3.重點摘要式的引用方式	一篇論文僅將重要部分，以重點摘要的方式引用出來。因為撰寫者沒有列出引用的原文，所以閱讀者無法判斷該撰寫者是否正確解讀了該論文內容的原意或是作者的正確主張。初學者不太適合用此引用方式。
（二）圖表影像	整張圖表、照片、圖像全放入	該資料可以自己重新製作、或者直接引用他人的創作，但記得須交待資料的來源、出處。如果是引用自他人的創作，請參閱本書第7課提過的加註腳方法。如果是自己製作，則附上日文「論者によって作成したものである」字樣即可。

如同前表，引用書目大致可以分類為二大類。第一類為書籍、期刊等訴諸於文字的引用書目。第二類為他人（或自己）調查出來的數據、他人（或自己）做成的圖表、他人（或自己）拍攝的相片或美術藝術品畫像、圖檔等訴諸於視覺影像的資料。

　　在表格當中，前三種引用方式，重點皆放在引用第一類文字敘述的文章資料。而第二類的來源，可以是自己製作（拍攝）或是他人的創作。不論哪一類，須交代資料來源、出處的概念，是一樣的。總之，能當作參考資料的事物包羅萬象，只要是更能增加專題報告或學術論文立論的客觀性、且更能明確傳達出專題報告或學術論文的要義的資料，都可以嘗試當引用文，引用至專題報告或學術論文當中，藉以豐富專題報告或學術論文的內涵。

二、常見引用書目的日文句型

序號	作者或書籍、學說		學術論文常用的學術用語	說明
(一)	（人名）は	1.「～」と（引號中為一段引用的原文） 2.次のように 3.以下のように 4.下記のように	① 言っている。 ② 指摘している。 ③ 主張している。 ④ 論じている。 ⑤ 論述している。 ⑥ 考察している。 ⑦ 分析している。 ⑧ 立論している。 ⑨ 書いている。 ⑩ 述べている。 ⑪ 触れている。 ⑫ 説明している。 ⑬ 定義している。 ⑭ 時期区分している。 ⑮ 評価している。 ⑯ 批判している。 ⑰ 反論している。	①至⑫可以選擇適當的用語來使用。 ⑬為對某專門用語下定義時使用。 ⑭為對作家的生涯創作或歷史分期時使用。 ⑮為對某論點肯定時使用。 ⑯與⑰為對某論點抱持質疑時使用。
(二)	（主張）が	（人名）によって	① 言われている。 ② 指摘されている。 ③ 主張されている。 ④ 論じられている。 ⑤ 論述されている。 ⑥ 考察されている。 ⑦ 分析されている。 ⑧ 立論されている。 ⑨ 書かれている。 ⑩ 述べられている。 ⑪ 触れられている。 ⑫ 説明されている。 ⑬ 定義されている。 ⑭ 時期区分されている。 ⑮ 評価されている。	使用情形與上述相同。

序號	作者或 書籍、學說	學術論文常用的 學術用語	說明
（二）	（主張）が	（人名）によって	⑯ 批判されている。 ⑰ 反論されている。	使用情形與上述相同。
（三）	1.～によると 2.～によれば 3.～では	ということである。 という。 とされている。	

具體引用參考書目中的原文，可以使用序號（一）的範例。像是引用某參考書目中的一句話或一小段話時，就可以使用如下的句型。

例如：

○○○○（作者全名）は「△△△△△△△△△」と指摘している。

或者是：

○○（作者姓氏）は「△△△△△△△△△」と指摘している。

○○○○意指作者的全名，或是只列出作者的姓氏○○也可以。只不過，如果同一篇引用複數相同姓氏的作者時，就會產生混淆。為了避免此困擾，建議列出全名亦無妨。而引號中的△△△則指拿來引用的重要一句話或一小段話。此時所使用的動詞「指摘する」，照理說該動詞的動作發生在過去的某個時點，應該以「指摘した」來呈現才合理。但是該論點雖然在過去的時點被指出，可是在學界上目前仍繼續沿用該論點，於是與其強調是過去的時點做的動作，倒不如用「指摘している」的「ている」形，來強調存續的狀態為宜。

如果引用某參考書目中的一大段話時，可以使用如下的句型。例如：

> ○○○○は次のように／以下のように／下記のように指摘している。

以上「次のように／以下のように／下記のように」，三個選一個使用即可。但是不要一直只使用同一個句型，變化著使用才能活化文章。

比照第5課中所提，聚焦於「動作主體」或「動作結果」的不同來看的話，序號（一）的引用例句是相當於聚焦於「動作主體」，而序號（二）的引用例句是相當於聚焦於「動作結果」。聚焦於「動作主體」序號（一）的例句為：「○○○○は「△△△△△△△△」と指摘している。」。如果將序號（一）的例句改成像序號（二）一樣是聚焦於「動作結果」的表達方式，則可以將句型改為：「○○○○によって、「△△△△△△△△」と指摘されている。」。「○○○○によって」中的「○○○○」表示為動作之主體。而所做的動作，則應改成被動式，表示是被完成的。於是須將「指摘している」改成被動式的「指摘されている」，「ている」的存續狀態還是得繼續保留。上面表格中所列出的動詞，則須各自改成被動式再加存續態。

假如是擷取引用參考書目中的重點，可以沿用序號（三）的例句。例如：

> ○○○○によると／によれば、△△△△△△△△△という／そうである。

○○○○意指作者人名，△△△△為其主張。從「によると／によれば／では」中，三個選一個使用即可。但是不要一直只使用同一個句型，變化著使用會使文章更活化。而○○○○意指書籍、調查報告、報導內容等，無論如何只要使用此類句型，記得後面要加「という」或「そうである」，變化著使用才能活化文章。

引用時使用的「指摘している」之類的動詞，還可以參閱上面表格中依照不同情況所使用的學術性動詞，從中挑不同的動詞變化著使用，這會使文章更活潑、具有動感。切記動詞得用「ている」的存續形結尾為宜。

練習題（一）

依括號中的指示，完成正確引用格式的文章的改寫。

1.（聚焦於動作主體）

　　すばらしい絵や音楽に魅了されたり、美しい人に不覚にも心を奪われたりしてほほえむこともあり、小犬のかわいいしぐさに思わずこぼれる笑みもある。恍惚感のうっとりとした笑顔もその一種だろう。（中村明『笑いのセンス』より）

→中村明は、『笑いのセンス』で＿＿＿＿＿＿＿＿＿＿＿＿＿＿＿＿＿
＿＿＿＿＿＿＿＿＿＿＿＿＿＿＿＿＿＿＿＿＿＿＿＿＿＿＿＿＿＿＿
＿＿＿＿＿＿＿＿＿＿＿＿＿＿＿＿＿＿＿＿＿＿＿＿＿＿＿＿＿＿＿

2.（聚焦於動作結果）

　　桜の樹や花には実用的な価値はほとんどない。考え方と情緒の両方を喚起する源泉は、桜の花の美的価値である。桜の花の美的価値は、もともと生産力と生殖力を宗教的な意味で美しいものと考える農耕宇宙観に根ざしている。（大貫恵美子『ねじ曲げられた桜』より）

→『ねじ曲げられた桜』では、大貫恵美子によって＿＿＿＿＿＿＿＿＿＿
＿＿＿＿＿＿＿＿＿＿＿＿＿＿＿＿＿＿＿＿＿＿＿＿＿＿＿＿＿＿＿
＿＿＿＿＿＿＿＿＿＿＿＿＿＿＿＿＿＿＿＿＿＿＿＿＿＿＿＿＿＿＿

三、三明治的引用方式的格式

　　接下來要談如何將他人的一句話或數行原文嵌入引用者的文章當中，也就是所謂的「三明治的引用方式」。而引用他人一大段文章的方式，則留待第10課再詳盡說明。

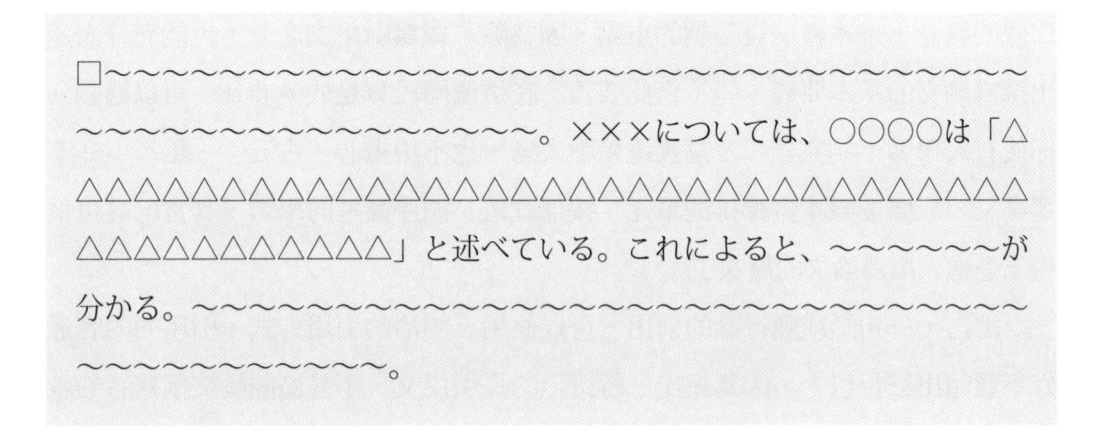

```
□～～～～～～～～～～～～～～～～～～～～～～～～～～～～～
～～～～～～～～～～～～～～～～～。×××については、○○○○は「△
△△△△△△△△△△△△△△△△△△△△△△△△△△△△△△△
△△△△△△△△△」と述べている。これによると、～～～～～～が
分かる。～～～～～～～～～～～～～～～～～～～～～～～～～～～
～～～～～～～～。
```

　　「□」表示空一格的意思，這是日文文章一個段落開始時的規定。而第一次出現的一大串「～」，則表示專題報告或論文撰寫者自己的話。「×××」為某一個特定的觀點，而「○○○○」則為被引用的著作作者，引號中的「△△△」為該作者主張的某一句話或一小段話的內容。而第二次出現的「～～～」，是表明專題報告或論文撰寫者自「△△△」所導出的論點。接下來第三次出現的一大串「～」，是根據上述引用文的印證後，專題報告或論文撰寫者想表達的話。如此的有開頭、有引用文、有結語，才算是個完整的論述結構。為了方便記憶，可以簡單記成「有頭有身體有腳，才算有人形」，缺少了其中的某一部分，或是沒有頭、或是沒有腳的話，就太畸形、太可怕了。也就是說缺一不可，否則會不知所云。

　　再歸納一次，開頭的部分是引用者的導言，身體的部分是嵌入他人的學說、主張，之後又回到腳的部分是引用者的結語。如此一來，哪裡到哪裡是他人的主

張,自哪裡開始至哪裡結束是引用者的話,就非常清楚明白。記住撰寫引用格式,要像「有頭有身體有腳,才算有人形」的口訣一樣結構分明,這才是成功的第一步。這口訣不僅在引用他人文章時非常有用,如果在撰寫整體學術論文也能把握這口訣(原則),並能夠時常注意到文章結構緊密性或是否有脈絡可循的推論方向的話,對一個初學者而言,都可以算是過關了。至於初學者若要再進修、研究,期盼加深論述的深度,那就端賴往後撰寫學術論文的經驗累積了。建立此口訣的概念,是本書一貫強調的重點,因為除了撰寫引用文之外,也能充分表達出撰寫論文的基本要義。能符合此要義,在這個階段算是成就非凡、可以過關。即使有人學習不夠完善、言詞表達差強人意,也不用擔心。古云:「雖不中亦不遠矣」,只要按照本書編排的單元,按部就班、循序漸進的學習,其實已經可稱得上是進入撰寫論文的層次了。

　　總之,一句話或數行話的引用,可以使用三明治的引用方式。引用的內容最好不要超出三行以上,因為超出三行以上的長引用文,不易區隔論文撰寫者的敘述與引用文的差異。如果真的要引用範圍超出三行以上,建議改以段落的引用方式引用。段落的引用方法,請看本書第10課的說明。

四、引用參考書目時常見的各類情形與處理方式

　　撰寫專題或學術論文勢必要引用參考書目，以增加專題或學術論文的客觀可信度。而當引用參考書目時，會碰到下列幾個常見的情形，處理方式一併敘述於後，請參考。

各類情況	重點說明與處理方式
（一） 引用文的呈現方式	1.說明： 引用文是重要的引述資料，不可以擅自改寫。包括引用文本身就已加上的記號，都不可以擅自改寫。 2.處理方式： 必須如實準確引用。即使客觀判斷文章中有誤植，也要一字不改地引用。記號、標點符號都是原文重現。
（二） 自稱的稱謂	1.說明： 本書第1課已經說明過，撰寫專題報告或論文的人，自稱自己時已經不適合使用「私／僕」，必須從「論者」或「筆者」當中擇一使用。此時是引用參考書目中的原文，當然也可自稱為「引用者」。但是同一撰寫者卻有數個以上的稱呼，會造成讀者的混亂，值得警惕。 2.處理方式： 貫穿全篇專題報告或論文，統一從「論者」或「筆者」當中擇一使用。
（三） 引用文需要標明來源、出處	1.說明： 引用文不標明來源、出處，將構成違反學術倫理或抄襲之嫌。 2.處理方式： 用註腳方式標名資料來源。須具備①作者名、②出版時間、③書名或論文名、④出版社名稱、⑤資料出處的頁碼等五種要項。如果是跨頁的引用時，則以「P.○-○」或「PP.○-○-○」或「第○頁至第○頁」字樣標示。「P」在論文中幾乎已經是代表頁數的意思，「P」之後不加「.」也是可以。

各類情況	重點說明與處理方式
（四） 引用文明顯筆誤或印刷錯誤	1.說明： 引用文是重要的引述資料，不可以擅自改寫。 2.處理方式： 於引用文明顯筆誤或印刷錯誤之處，加上括號訂正成正確，且一定要加上是論者或引用者訂正的字樣。 3.例句： 鈴木都子は、「林芙美子は志賀直哉史が泊まったことのある尾道の出身だ」と言っている。 改成： →鈴木都子は、「林芙美子は志賀直哉史（原文のまま、正しくは「氏」である。論者注）が泊まったことのある尾道の出身だ」と言っている。
（五） 強調引用文重要之處	1.說明： 引用文通常以加標點符號或畫線的方式強調重點，但如果全部引用文都加上標點符號或畫線，反而看不出重點。於是，建議適時適地加標點符號或畫線，以強調引用文的重點所在。 2.處理方式： 可以用加標點符號或畫線的方式強調，但一定要加上是論者或引用者加上的字樣。假如論文直寫的話，加的標點或畫線就會在引用文的右方，此時稱呼這些標點符號或畫線為「傍点」或「傍線」。假如論文橫寫的話，加的標點符號就會在引用文的上方，加的畫線就會在引用文的下方，此時稱呼這些標點為「傍点」，畫線為「下線」。 3.例句： 鈴木都子は、「林芙美子は志賀直哉史が泊まったことのある尾道の出身だ。東京に出た後、あまり故郷に戻らなかった」と言っている。 改成： →鈴木都子は、「林芙美子は志賀直哉史が泊まったことのある尾道の出身だ。東京に出た後（下線部分は論者による）、あまり故郷に戻らなかった」と言っている。

各類情況	重點說明與處理方式
（六） 跨頁的長引用文	1.說明： 一大段跨頁的引用文中，只有幾個重點要引用時，可以於適當的引用文處，選擇用「前略」、「中略」、「後略」來處理。當然也不要跨太多頁的引用，或是引用的內容篇幅占專題報告或學術論文的一頁以上。 2.處理方式： 假如是從引用文的中途開始引用的話，可以於引號中放入「前略」的字樣，開始引用。假如引用一句或數句話之後，要跳到數行文字以後再引用，可以於引號中放入「中略」的字樣，繼續引用。假如句子仍未結束前，想引用的重點已經完畢時，可以於引號中放入「後略」的字樣，結束引用。 3.例句： ① 小田部羊一は、「（前略）僕がこの道を志したのは、1958年に公開された『白蛇伝』という作品を見てからです。宮さんも同じだと言っています」と書いている。 ② 社会的評論の一例として、Wikipediaでは「団塊の世代とは、（中略）第二次世界大戦後の日本の歩みと人生を共にしており、またその特異な人口構成ゆえに、良くも悪くも日本社会の形成に大きな影響を及ぼしている世代である」と述べている。 ③ 江藤淳は、「アーサー王伝のなかにその系譜をたずねてみると、興味深い事実が明らかになる。この二人の女は、もともとは一つの存在であったと見做し得る根拠があるから。（後略）」と指摘している。

各類情況	重點說明與處理方式
（七） 引用文中有些代名詞或意思不明的詞彙	1.說明： 引用者熟讀文獻資料，引用出來的一句話或一小段內容中，即使出現了代名詞，例如「これ／彼／当時／その本／この人／あの頃」等，都清楚指的是什麼人、什麼事物，但是讀者只是閱讀其中引用者引用出來的片段，沒有看到全文文獻資料，無法判別是指什麼。為便利讀者了解論文內容的敘述，凡是有代名詞之處，要不厭其煩地加上說明較為妥當。 2.處理方式： 在引用文中有代名詞出現之處的後面，加上引號來說明，且一定要加上是論者或引用者說明的字樣。 3.例句： ① 小田部羊一は、「（前略）僕がこの道を志したのは、1958年に公開された『白蛇伝』という作品を見てからです。宮さんも同じだと言っています」と書いている。 改成： → 小田部羊一は、「（前略）僕がこの道（アニメのことを指す。論者注）を志したのは、1958年に公開された『白蛇伝』という作品を見てからです。宮さん（宮崎駿のことを指す。論者注）も同じだと言っています」と触れている。 ② 江藤淳は、「アーサー王伝のなかにその系譜をたずねてみると、興味深い事実が明らかになる。この二人の女は、もともとは一つの存在であったと見做し得る根拠があるから（後略）」と指摘している。 改成： → 江藤淳は、「アーサー王伝のなかにその系譜をたずねてみると、興味深い事実が明らかになる。この二人の女（シャロットの女、エレーンの二人の女のことを指す。論者注）は、もともとは一つの存在であったと見做し得る根拠があるから（後略）」と指摘している。

各類情況	重點說明與處理方式
（八） 引用與撰寫論文語種不同的資料、文獻	1.說明： 只要是符合公開出版事實要件的文獻資料，無論是用什麼語種撰寫而成的，都可以當作參考書目來引用。有些已經有之前的人翻譯出版，那就可以引用該翻譯書。為避免之前的人有誤讀的可能，只要是自己熟知的語種，能力可及的話，保險一些還是自己翻譯為宜，或者直接就由自己操刀翻譯。如果擔心誤讀原文的原意、誤譯原文，以把原文一併列出為宜。 2.處理方式： 原文列出之後，引號加上譯文並註明是論者自己譯的字樣。 3.例句： 落合由治の研究では、「2000年代中期目睹「團塊世代」退休潮，媒體預測將引發「2007年問題」而騷動一時。然而，2007年至今所預測「2007年問題」，其實根本沒有發生」という。 改成： →落合由治の研究では、「2000年代中期目睹「團塊世代」退休潮，媒體預測將引發「2007年問題」而騷動一時。然而，2007年至今所預測「2007年問題」，其實根本沒有發生。（2000年代半ばから「団塊の世代」の退職による「2007年問題」発生がマスコミなどにより喧伝された。しかし、2007年から現在まで予想された「2007年問題」は実際には発生しなかった。論者訳）」という。
（九） 避免「孫引き」（不追溯原始典故的投機取巧引用方式）的引用方式	1.說明： 從B的論文中找到A撰寫的文章，想要引用A的文章卻找不到原始資料。權宜之計就將B論文中引用A的文章，一字不漏地抄下後，資料來源寫上A的文章原始出處。這就是所謂的「孫引き」（不追溯原始典故的投機取巧引用方式）。不追溯原始典故再次確認其引用的正確性，如此照單全收會造成錯上加錯的不可原諒的錯誤，這是學界上極不樂見的研究態度，是會被鄙視的，切記絕對不要犯此大忌。

各類情況	重點說明與處理方式
（九） 避免「孫引き」（不追溯原始典故的投機取巧引用方式）的引用方式	2.處理方式： 盡量找到原始資料A的文章，經閱讀消化後，再引用出來。真的找不到原始資料A的文章，卻又非引用不可時，那就誠實以對吧！加上註腳說明真實原委，列出參考書目B論文的某頁上所敘述的A文章。這可說是下下策。
（十） 論文撰寫者的敘述與引用文含糊不清	1.說明： 撰寫論文的敘述到哪裡結束，而引用的論述自何處開始，一定要清清楚楚、明明白白。這樣才會讓閱讀者容易區隔出其間的不同，掌握專題報告或論文撰寫者的宗旨與立場。 2.處理方式： 熟悉引用格式，常用的句型正確地貫徹始終使用，就能解決此問題。
（十一） 引用文中出現「です／ます」體	1.說明： 學術論文基本上是使用「である」體，這一點必須貫徹到底。而引用文中即使是出現「です／ます」體，也必須一字不改地引用出來。這二點看似矛盾其實並沒有牴觸、衝突。 2.處理方式： 照規則如實執行。 3.例句： 小田部羊一は、「（前略）僕がこの道（アニメのことを指す。論者注）を志したのは、1958年に公開された『白蛇伝』という作品を見てからです。宮さん（宮崎駿のことを指す。論者注）も同じだと言っています」と書いている。

　　上面表格中舉出十一種可能碰到的情況與處理方式，有些並加入例句實際演練說明。只要把握上述的十一個處理要點，引用資料原文時就能駕輕就熟了。到底了解了多少呢？不妨做做下面的三個練習題，來測試看看。

練習題（二）

練習正確的引用格式。

1.

　雪、月、花と言われるように、この三つは日本の自然の美しさを代表するものだが、中でも月ほど日本人の心に寄り添うものはないだろう。古来から数多くの和歌や俳句に詠まれてきた所以である。（金田一春彦『ホンモンの日本語を話していますか？』より）

→金田一春彦は、『ホンモンの日本語を話していますか？』の中で、＿＿＿＿＿＿

_____

_____

2.

　幼児とゲームの影響についての調査は非常に少ない。なぜなら幼児に粗暴性などをはかる性格テストをしても誤差が大きいからである。それと、追跡調査が難しいからである。（坂元章・お茶の水大学助教授の話より）

→お茶の水大学・坂元章助教授の話では、＿＿＿＿＿＿＿＿＿＿＿＿＿＿＿

_____

_____

3.

　日本社会では法的規制はきわめて弱い。人々の行動を律するのは法ではなく、個人あるいは集団間に働く力学的規制なのである。（中根千枝『タテ社会の力学』より）

→ _____

_____

_____

五、三明治的引用格式參考範例

　　漱石文学における絵画については、芳賀徹が「この絵好き心は、同じく帰国後開始される創作活動と並行してつのり、漱石の本領たる「文学の領分」にも強く干渉し、深く浸透したあげく、ついに晩年には「文学の領分」を離れて一つ充実した「絵画の領分」をつくるにまでいたった」[1]と指摘している。以上の引用から見ると、漱石文学における絵画は確かに研究の視点の一つのみならず、作品中の「小道具」という役割も果たしていることが分かる。

---

[1] 芳賀徹（1990）『絵画の領分』朝日新聞社P374

說明1.灰色字體為撰寫者的話。

說明2.黑色字體為引用內容。

說明3.括號外面的數字1為腳注的序號，而交代的資料來源，標示於該頁最下方。

說明4.上面的範例中標示不同的顏色，只是為了方便說明而已。正式撰寫專題報告或學術論文時，不需要如此使用。

第10課

日文引用格式（二）

學習重點說明

➲ 一大段文章的引用格式。

➲ 摘要重點式的引用格式。

➲ 一大段文章的引用格式範例。

➲ 各類視覺影像（圖表、照片等）引用時應注意事項。

➲ 各類視覺影像（圖表、照片等）引用時常見的引用句型。

➲ 各類視覺影像（圖表、照片等）引用格式範例。

第9課已經說明過引用的意義、常見的引用方式、引用時常用的句型、應注意事項、三明治的引用（一句話或數行的引用）格式、三明治的引用格式的範例等等，相信對於引用相關訊息應該有初步的認識。本課將延續上一課的主題，將重點鎖定在文字引用部分的第二種「一大段文章的引用方式」、第三種「摘要重點式的引用方式」，以及各類視覺影像（圖表、照片等）的引用情形。

一、一大段文章的引用格式

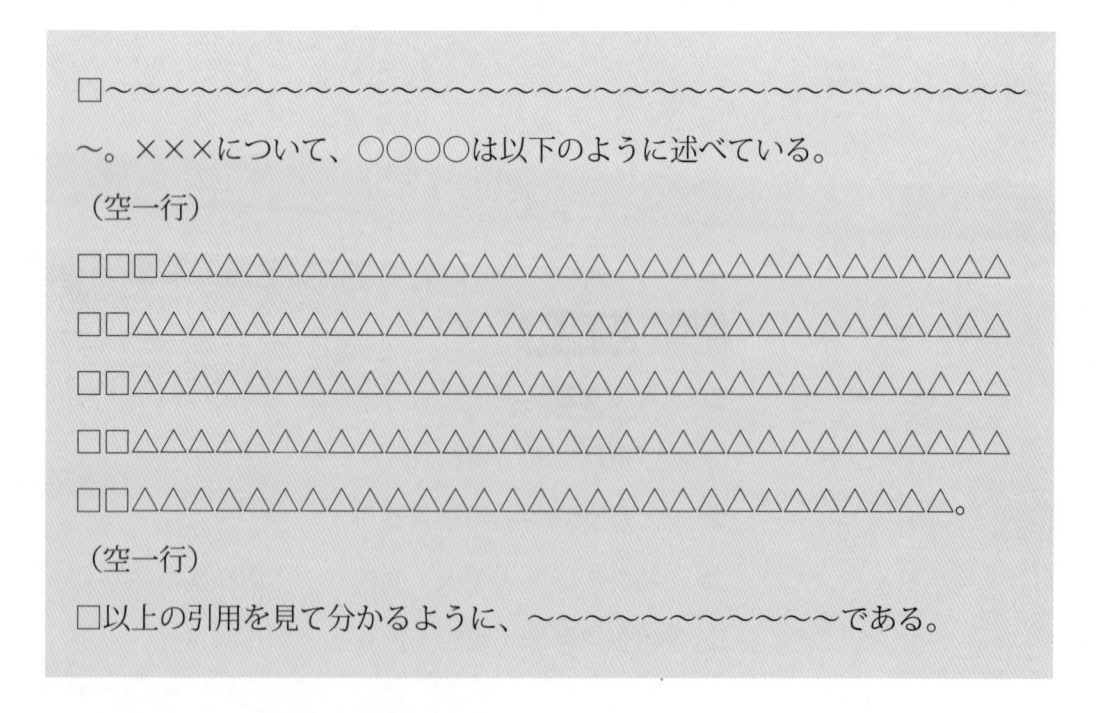

□〜〜〜〜〜〜〜〜〜〜〜〜〜〜〜〜〜〜〜〜〜〜〜〜〜〜〜〜〜〜〜〜
〜。×××について、○○○○は以下のように述べている。
（空一行）
□□△△△△△△△△△△△△△△△△△△△△△△△△△△△△△△△△
□□△△△△△△△△△△△△△△△△△△△△△△△△△△△△△△△△
□□△△△△△△△△△△△△△△△△△△△△△△△△△△△△△△△△
□□△△△△△△△△△△△△△△△△△△△△△△△△△△△△△△△△
□□△△△△△△△△△△△△△△△△△△△△△△△△△△△△△△。
（空一行）
□以上の引用を見て分かるように、〜〜〜〜〜〜〜〜〜〜〜〜である。

　　「□」表示空格的意思，這是日文文章一個段落開始時的規定。而「〜」則表示專題報告或論文撰寫者自己的話。「×××」為某一個特定的觀點，而「○○○○」則為該著作的作者，框線中的「△△△」為該作者主張的一大段內

容。因為是一大段的引用內容，所以不適合用三明治的引用方式。但是由於還是必須明確區隔出「撰寫專題報告或論文者的話」與「引用文的內容」，所以建議使用如上面表格中的「一大段文章的引用格式」。

　　建議引用文段落開頭可以先空一行，之後再空三格才開始引用。此作法只是為了讓格式看起來更加整齊、美觀，行之多年效果佳、評價好。為什麼要空三格後才開始引用呢？因為引用文第二行的文字須比第一行多一個字，等於所在的那一行空了二格後才有文字，這樣才能區隔出日文文章每一段落的開頭是空一格才開始的格式。總而言之，引用文的第一行先空三格開始，第二行的引用文空二格開始的形式，又加上引用文段落前後與撰寫者寫的本文間空一行的形式，絕對能達到視覺的享受、主旨明確、整齊又美觀等效益。

　　之所以特別要求學生必須使用此引用格式，乃因為累積了一定的字數篇幅後，整體的感覺就營造出來了。根據多年的教學經驗驗證，畢業生將此整體感絕佳的完成品，一同帶去面試，呈上給主考官參考的話，內行人也好，外行人也好，都會同樣給予高度的評價。因為透過整齊劃一兼具美觀的整體呈現，可以看出初學者對於格式、排版等基本要項的用心、認真的態度。

　　全文引用完畢，也建議空一行後再敘述對上述引用文的意見。意見可以是受到啟發，同意其見解；或是對其論點一部分表示同意，一部分持保留態度；或是持以反對意見等等的表明立場的敘述。新段落須空一格後，再表明自己的立場。這麼一來，可以讓讀者一眼掌握撰寫人的立場、態度。再次強調：不是為了一味反對前人的論述而研究，那會變成主觀意識太強烈，立論容易有失偏頗。也不是為了完全贊成、附和前人的論述而研究，那就太錦上添花，降低自己的存在價值。只要有理由，對於任何論點都可以持以反對或贊成或保留。但切記此理由須言之有物、客觀、明確、具有說服力。總之，一定有理由才會引用某見解，引用完了之後須簡單表明對此引用的內容的意見或立場。

　　如此地有開頭、有引用文、有結語，才算是個完整的論述結構。就像節目主持人主持節目一樣，請來賓出場前，總需要講幾句話介紹來賓吧！這部分相當於開頭的部分，也就是引用者的導言。之後來賓會上場演出，這部分相當於實際地

引用他人的學說、主張原文的部分。當來賓演出結束後，主持人總該對於剛剛的演出說幾句話表示一下吧！這部分相當於引用者的意見表白的部分。結構分明的引用，讓讀者容易掌握脈絡。如此一來，只要不要誤讀引用文的真意，即使立場不同的讀者，對於撰寫者的客觀引述、井然有序堆砌論點的架構，應該會有良知的公斷。

一大段文章的引用範例：

漱石文学における絵画について、芳賀徹は次のように指摘している。以下の引用の下線部分は、すべて筆者によるものである。

この絵好き心は、同じく帰国後開始される創作活動と並行してつのり、漱石の本領たる「文学の領分」にも強く干渉し、深く浸透したあげく、ついに晩年には「文学の領分」を離れて一つ充実した「絵画の領分」をつくるにまでいたった。――漱石における文学と絵画との接近と交錯の動きはほぼそのようなものであったように、私には思われる。（中略）絵画は漱石の数多い作品をとおして随処に見えつかくれつ、はなはだ多様なあらわれかたをしている。（中略）具体的な細部として目につきやすい点からあげてゆけば、まず作中にいわば『小道具』としてあつかわれている絵画がある[1]。

---

[1] 芳賀徹（1990）『絵画の領分』朝日新聞社P359-360

二、一大段文章的引用情形與處理方式

引用一大段文章時，提醒還有以下二種情形，需要妥善處理。

各類情況	重點說明與處理方式
（一） **想引用的引用文的範圍太大，占所使用的參考書數頁的篇幅**	1. 說明： 應盡量避免引用文的篇幅過大，跨數頁以上。 2. 處理方式： 括弧中放入「中略」的字樣，繼續引用。此動作雖可以重複多次，但切記不要使用超出合理的範圍、分量，最多以不要超過五次為宜。 3. 另有一解決之道，就是不要嫌麻煩，寧願將大範圍的引用文，切成幾小段分開引用。
（二） **將一整段引用文，嵌入該專題報告或學術論文時，占該專題報告或學術論文數頁的篇幅**	1. 說明： 避免引用文的篇幅跨至下一頁。 2. 處理方式： 引號中放入「中略」的字樣，繼續引用。此動作是可以重複多次，但切記不要使用超出合理的範圍、分量，最多以不要超過五次為宜。 3. 另有一解決之道，就是不要嫌麻煩，將大範圍的引用文，切成幾小段分開引用。

無論是使用的參考書中的跨頁引用，或是引用的範圍過大，嵌入該專題報告或論文時，篇幅會跨至下一頁等情形，皆是不樂見的，這會讓人質疑抓不到引用的重點。另外，第9課所提的有關引用參考書目時常見的各類情形與處理方式，在此也適用，可翻回第9課複習。

三、摘要重點式的引用格式

　　所謂摘要重點式的引用，是注重提及誰主張什麼樣的學說，但並未將該著作中的內容原貌重現的引用。引用時可以利用「～によると／～によれば／～では」後接「という／そうである」的日文句型達成目的。只是因為撰寫人沒有呈現出引用文的內容，比較不適合初學者使用。因為沒有引用的原文內容，無從得知初學者是否正確解讀引用文的原意，所以無法給予適當的指導與協助。

　　下面範例A就是剛剛提過的一大段文章的引用範例。將A範例改寫成摘要重點式的引用格式B範例。

A範例

　　漱石文学における絵画について、芳賀徹は次のように指摘している。以下の引用の下線部分は、すべて筆者によるものである。

　　　　この絵好き心は、同じく帰国後開始される創作活動と並行してつのり、漱石の本領たる「文学の領分」にも強く干渉し、深く浸透したあげく、ついに晩年には「文学の領分」を離れて一つ充実した「絵画の領分」をつくるにまでいたった。──漱石における文学と絵画との接近と交錯の動きはほぼそのようなものであったように、私には思われる。（中略）絵画は漱石の数多い作品をとおして随処に見えつかくれつ、はなはだ多様なあらわれかたをしている。（中略）具体的な細部として目につきやすい点からあげてゆけば、まず作中にいわば『小道具』としてあつかわれている絵画がある[1]。

---

[1] 芳賀徹（1990）『絵画の領分』朝日新聞社P359-360

B 範例

　芳賀徹の『絵画の領分』によると、漱石には「文学の領分」と「絵画の領分」があり、漱石において文学と絵画との接近と交錯の動きが常に生じたという。さらに絵画が「小道具」として漱石の数多くの作品であつかわれているという指摘もある。

練習題（一）

將一大段文章的引用範例改寫成摘要重點式的引用。

　芳賀徹は、屏風絵の役割について、以下のような論点を出している。

　　宗助とお米のこの夫婦愛の物語のなかで興味深いのは、江戸琳派の画人酒井抱一（一七六一～一八二八）の屏風絵の演ずる役割である。それは（中略）いわば<u>大道具風</u>というか、小説の舞台の<u>一つの背景</u>となると同時に、その<u>舞台廻しの役</u>までも果たすのである[1]（下線部分は筆者による）。

---

[1] 芳賀徹（1990）『絵画の領分』朝日新聞社 P363

四、各類視覺影像（圖表、照片等）引用時應注意事項

　　第9課曾經將視覺影像參考書目明訂為：他人（或自己）調查出的數據、他人（或自己）做成的圖表、他人（或自己）拍攝的相片或美術藝術品畫像、圖檔等訴諸於視覺影像的資料。何謂「圖」？圖指的是曲線圖、圓餅圖、區塊圖等。何謂「表」？表指的是表格。當在使用這些資料時，提醒注意以下五點。

引用圖表（照片）時須注意事項：

注意事項	說　明
（一） 須依序加上編號	就像班上的同學各自擁有學號以區別和他人的不同一樣，不管出處來自他人或是撰寫者本身，同樣收錄於一本論文當中，就需要依序編序號，便利稱呼。否則都是「如上圖所示」，到底指哪個圖，不容易分辨。再者，要拿某個圖和某個圖來對比時，也會在稱謂上產生疑惑。
（二） 須加上標題	就像班上的同學各自擁有自己的名字方便區別一樣，加上標題便可以一眼看出該圖表的屬性。下標題的技巧，和第2課訂定研究題目的道理相通，請參考。
（三） 須標示來源、出處	是假他人之手的資料，就須標明資料來源，最好標至頁碼以示負責。如果圖表或問卷是自己製作，則附帶加上日文「論者が作成したものである」或「論者作成による」的字樣即可。照片是自己拍照的話，則附帶加上日文「論者が撮影したものである」或「論者撮影による」的字樣即可。若數據是自己調查出來的，則附帶加上日文「論者が調査したものである」或「論者調査による」的字樣即可。

注意事項	說　明
（四） 圖表的數量多寡調整編序處理方式	圖表數量使用不多時，可以考慮以整篇論文為單位，依序從第一個圖表編序號1到最後一個圖表。使用圖表如果超過五十個以上，可以考慮以論文中的一個章為單位，從第一個圖表編序號1到該章的最後一個圖表。換第二章時，再依序從第一個圖表編序號1到該章的最後一個圖表。有幾章就重複幾次同樣的動作。
（五） 圖表範圍大，須跨好幾頁時處理重點	製作圖表的用意主要是便於閱讀。如果圖表的範圍太大，需要好幾頁才能容納下，建議將此表格放置於論文的最後，以日文字樣「付録資料」來當標題標示。剛剛所提的擺放於「論文的最後」，具體是指整篇或整本論文內容結束之後，「テキスト」、「参考文献」之前。
（六） 圖表的標題須與圖表在同一頁	圖表的標題之後，須緊跟圖表，不可以讓標題與圖表分別位在不同的一頁，此時建議將標題挪至下一頁，即使如此一來上一頁就會空出許多行，但也是會被允許的。

五、各類視覺影像（圖表、照片等）引用時常見的日文表現

狀況	說明與例句
（一） 圖表的用意	1.說明： 　表明該圖表的用途。 2.例句： ① その収入の変化を整理すると、図1のようになる。 　該圖1為整理收支變遷。 ② その結果を表1に示す。 　該表1為某個結果。 ③ 両者の違いを表1にまとめることができる。 　該表1為二者的差異。 ④ 表1は各年度の貿易収入を表したものである。 　該表1為每個年度的貿易收支。 ⑤ 図1は登校拒否者が不登校する理由を示したものである。 　該圖1為拒絕上學的理由。
（二） 圖表所示數量程度	1.說明： 　表明數值高低或約為某數量的程度。 2.例如： ① 半数／半数以上／半数以下／過半数 ② 近く／〜弱／〜強／約〜／凡そ
（三） 圖表所示所占的比例或數據	1.說明： 　具體指出比例或數據。 2.例句： ① 高額納税者が全人口の1割を占めている。／である。 ② 去年生まれた子供の数は、凡そ2万人となっている。／になっている。
（四） 數據到達情形	1.說明： 　表明數據到達某程度時使用。 2.例句： 　大学を卒業した若者は、全国の人口の半分に達している。／に及ぶ。／に至る。／に上る。

狀況	說明與例句
（五） 數據攀升情形	1.說明： 　表明數據攀升至某程度時使用。 2.例句： ① 最近は女性が結婚する平均年齢が、10年前の平均年齢を遙かに超えている。／を大幅に上回っている。／を大きく越えている。 ② 外国人入国者が10万人を突破した。／を上回った。
（六） 數據不足情形	1.說明： 　表明數據未達某程度。 2.例句： ① 不景気のため、国民の年収は1万米ドルに止まっている。／に過ぎない。 ② 国民年金に加入している人は、20万人に達していない。／に満たない。／に及ばない。 ③ 台湾国民の年収は、韓国の15000米ドルを下回っている。／を割っている。
（七） 數據、比例增加情形	1.說明： 　表明數據、比例增加。 2.例句： ① 大学院受験者が年々増加している。／増えている。／多くなっている。 ② 大学の合格率が上昇している。／増加している。／伸びている。／上がっている。
（八） 數據、比例減少情形	1.說明： 　表明數據、比例減少情形。 2.例句： ① 不景気のため、外国から来る観光客数が減少している。／減っている。／少なくなっている。／下降している。 ② バブル経済のため、家の取り引きに成功した率が低下している。／減少している。／落ち込んでいる。／下がっている。

狀況	說明與例句
（九） 數據變化程度	1.說明： 　表明透過比較後，數據或比例呈現的變化情形。 2.建議使用單字： ① 程度大：大幅に／大きく／遙かに ② 程度小：少し／若干／僅かに ③ 快速：急速に／急激に／激しく／著しく ④ 慢速：徐々に／緩やかに 3.例句： ① 最近は女性が結婚する平均年齢が、10年前の平均年齢を<u>遙かに超えている</u>。／<u>を大幅に上回っている</u>。／<u>を大きく越えている</u>。 ② 外国人入国者が10万人<u>を切った</u>。／<u>を割った</u>。／<u>を下回った</u>。
（十） 結語	1.說明： 　從圖表中所看到的事實或結論。 2.例句： ① 以上のことから、環境破壊が思ったより早いスピードで進んでいる<u>ことが分かる</u>。／<u>が窺われる</u>。／<u>が窺える</u>。／<u>が明らかになる</u>。／<u>が判明した</u>。／<u>と判断できる</u>。／<u>と言える</u>。／<u>と考えられる</u>。 ② この結果は、環境破壊が思ったよりひどいことを<u>示している</u>。／<u>を意味している</u>。

　　上面表格中，劃線部分表示可以依據情形互相更換之意。多一些變化使用，可以活化文章，建議多多嘗試著使用。

　　引用圖表（照片）不外乎是要利用客觀的數據或文字資料，一目瞭然地說明或整理某件事實或結果。由於對說明事物非常有幫助，建議可以多加使用，以增加該篇專題報告或學術論文的說服力以及優質的觀感。使用圖表輔助客觀論證，首先須先提及圖表製作的用意，明確指出主旨所在。第二要看數據、比例多少。第三是看增加或減少的數量。第四是比較增加或減少的數量，看出演變的趨勢。第五就是從圖表中總結出一個事實或結論。

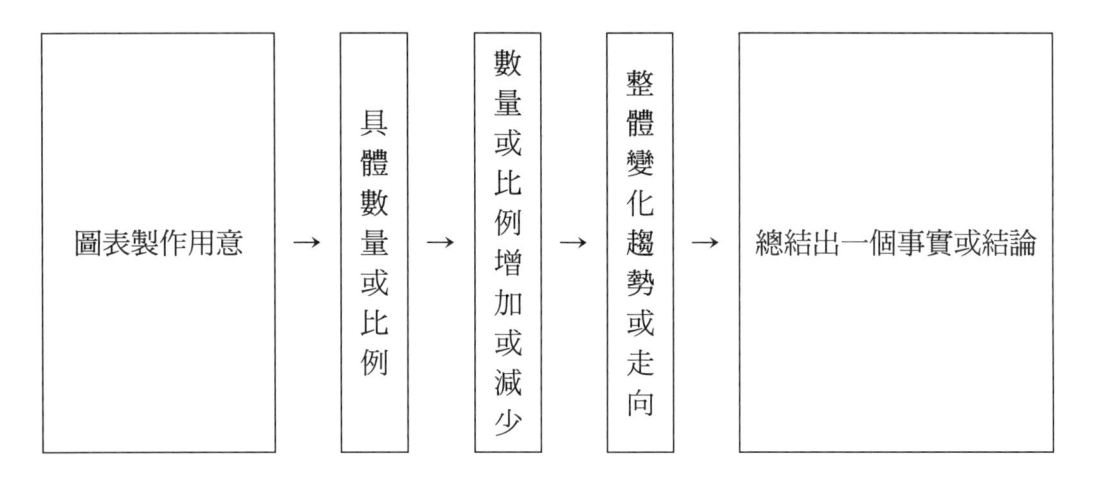

根據上述內容，匯整出使用圖表的流程圖：

圖表製作用意 → 具體數量或比例 → 數量或比例增加或減少 → 整體變化趨勢或走向 → 總結出一個事實或結論

使用圖表還是要記起前面所提到的「有頭、有身體、有腳」口訣。來個起頭說明圖表製作的用意，接下來點出具體的數據、數據的變化、整體的走向等實際內容，最後對於整體的走向做個總結。如此的有起頭、實際內容、結尾，三部分串連起來，才有一個完整性。此緊密結構用人形來比喻如下：

人形圖：

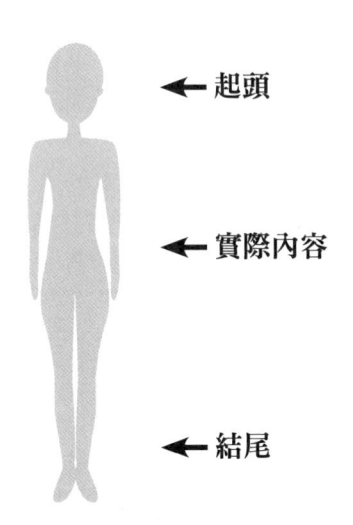

← 起頭

← 實際內容

← 結尾

如此的結構緊密，自然富有邏輯的推論方式就順勢形成。

另外，當要談到不同年度的數據或不同事物的數據時，通常會利用日文的「對比」的表現方式來呈現。總之，二個事物要做對照比較時，建議多多利用下面的句型來表現道地的日文。

日文的對比表現用法：

日文的對比表現用法	說明
（一）Aが～のに対して、Bは～。	此為一個句子。
例句1： 台湾では、大学新卒者の初任給が平均して28000元であるのに対して、修士修了者の初任給は平均35000元である。 在台灣，大學畢業生的起薪平均是二萬八千圓，而碩士畢業生的起薪則平均為三萬五千圓。 例句2： 台湾では2009年度の大学合格率が97.1％だったのに対して、2010年度は97％になると予想されている。 九十七年度的台灣大學錄取率為97.1％，而預估九十八年度的大學錄取率為97％。	「に対して」為一個片語，表「對於……」之意。而「の」是形式詞，相當於「こと」。切記不要斷錯句，斷成表逆接的「のに」加「対して」。
（二）Aは～。それに対して、Bは～。	此為二個句子。
例句1： 台湾では、大学新卒者の初任給は平均して28000元である。それに対して、修士修了者の初任給は平均35000元である。 例句2： 台湾では2009年度の大学合格率は97.1％であった。それに対して、2010年度は97％と予想されている。	將上面一個句子切成二個句子來表達而已，意思完全一樣。重點在於是巧妙地使用了「それに対して」這個接續詞。
（三）Aは～。一方、Bは～。	此為二個句子。
例句1： 台湾では、大学新卒者の初任給は平均して28000元である。一方、修士新卒者の初任給は平均35000元である。 例句2： 台湾では2009年度の大学合格率は97.1％であった。一方、2010年度は97％と予想されている。	一樣是將第一句切成二個句子來表達而已，意思完全相同。只是多些變化句型，可以活潑日文的表現。重點是在於巧妙地使用了「一方」這個接續詞。

其實以上三種日文「對比」的表現方式，意思都是一樣，建議不要一直使用同一個句型，不妨試著多多變化著使用，可以活化日文的表現。

練習題（二）

活用前述句型，正確將圖表（照片）內容寫出。

1.

グラフ1　日本の事業所数、従業者数の推移

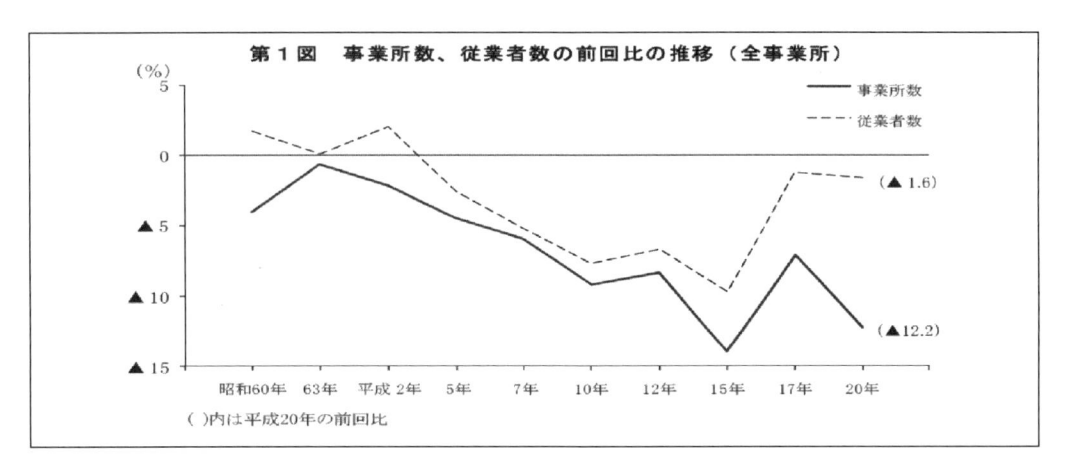

（資料來自經濟產業省（2010）「工業統計調查　平成20年確報・產業編」
http://www.meti.go.jp/statistics/tyo/kougyo/result-2/h20/kakuho/sangyo/pdf/h20-k3-riyou-j.pdf）

2.

2005年日本愛知国際博覧会の会場写真

（2005年8月10日　筆者拍攝）

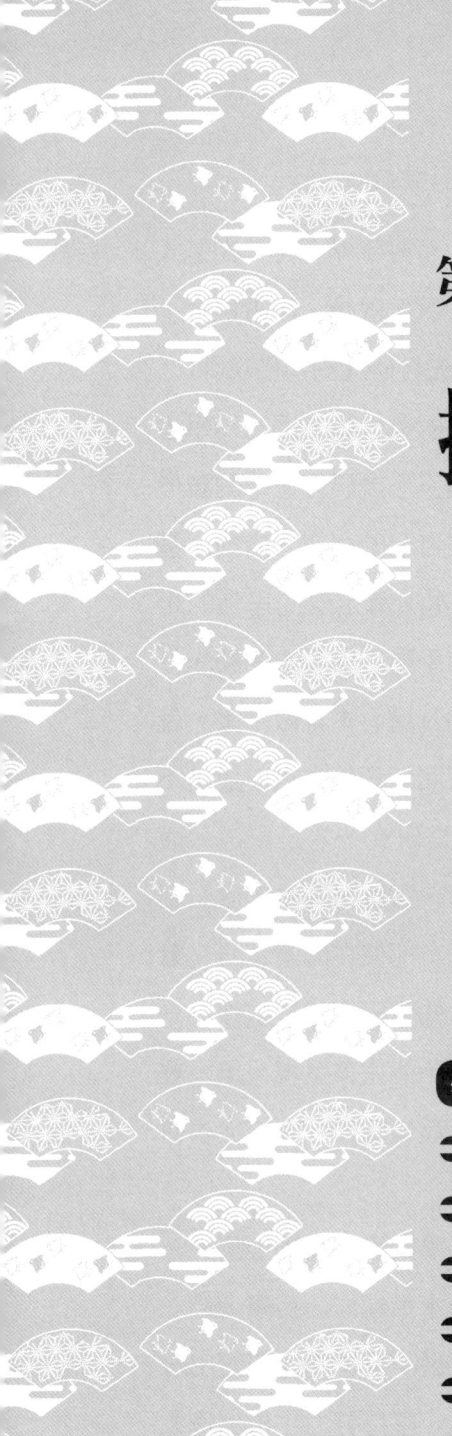

第11課
撰寫先行研究

學習重點說明

- 撰寫先行研究的重要性。
- 撰寫先行研究時，須運用引用格式。
- 常見各個先行研究之間的關係。
- 撰寫論文時，常使用的日文接續詞。
- 對先行研究論點表示見解時，使用的遣詞用句。
- 三階段式陳述贊成或反對的意見範例。
- 導出研究題目正當性之方法。

研究對個人而言，是長年累積的經驗與業績；而對學界而言，則是人類文化資產累積的寶藏。當要做研究時，須具備「承先啟後、鑑古推今」的能力，以及做好完成瀏覽同一題目或相似題目的先行研究的預備功課。

　　當然，對於一個初學者而言，這的確是件極為困難之事。因為初學者像嬰兒一樣純真，容易受到周遭的影響。在自己還沒形成研究思考的雛形之前，貿然遍讀先行研究，確實會受到左右，迷失自己的存在、方向。甚至也有些日本教授積極要求初學者先努力精讀文本、奠定學問思考的根基，不要太早閱讀龐雜的先行研究。老實說，在初學階段即要求閱讀先行研究、彙整研究動向，是高難度的一件事。但是因為擔心本身做不來，就認為不需要知道先行研究是怎麼一回事，也不需要閱讀資料文獻，這是不正確的觀念。在初學的重要階段，明確知道什麼是研究，才是王道。而且不只要知道而已，還要身體力行實際動手寫看看，了解研究是怎麼一回事，能做到哪裡就做到哪裡，如此一來就值得讚賞。即使在閱讀資料文獻之後，無法完美彙整研究動向，這也無所謂，至少知道研究就是這樣的一回事，就能達到本單元的學習目的了。現階段雖然不能完美呈現，但已經稍具邏輯概念、寬廣的視野，之後再期許有朝一日發憤圖強，立志從事研究，亦不失為一帖良方。

　　這些年來執著此信念，指導了無數初學者撰寫畢業論文或碩士論文，發現學生潛力無窮，普遍達到一般外界可以接受的水準創作。初學者們！不用擔心自己做不來，要擔心的是自己有沒有心要做。英才不是憑空出現的，給自己機會學習的人，才有機會成為明日之星。堅持努力才是到達成功的捷徑，這是永遠不變的真理。

　　第8課學習了撰寫研究動機，第11課學習撰寫先行研究，其艱難度突然增高許多，彷彿從爬上小山坡後突然挑戰台灣第一高峰玉山一樣，對於剛學爬山的人，可想而知是艱鉅困難的挑戰。但又不是要求出國比賽得

獎，僅是希望帶領各位進入第一高峰尋芳探幽，初步領略一下什麼是研究的要義而已，所以不需要擔心。接下來，本單元將淺談先行研究的相關種種。

一、熟悉引用方式順利達成撰寫先行研究

　　提到撰寫先行研究時常見的日文表現句型，則需要正確靈活運用第9課、第10課所學習過的引用格式。基本上有「一句話或數行的引用方式」（三明治的引用方式）、「一大段文章的引用方式」、「摘要重點式引用方式」三種。不太有把握引用方法時，請隨時翻回相關單元複習。在此就不再重複細節部分，只不過先在此提醒：須考量怎麼樣將想引用的先行研究，有系統地引用出來。

二、各個先行研究之間的關係

　　有系統地引導出先行研究，須先設定排列的基準，而基準取決於各論點間的關係。各論點間的關係，簡單來說約有下列五種情況。

（一）並列：平行羅列事物

A	B	C	D	E

　　第一種情況僅將各個先行研究排列出來。比方說打算放入A、B、C、D、E等五個先行研究的羅列，就如同上圖所顯示一樣。A、B、C、D、E僅羅列在論文上面而已，看不出彼此的關係，這樣有些可惜，建議應該再深入探究相互的關係為宜。然而A、B、C、D、E間的排列，可以利用日文表並列（まず、また、そして、それから）的接續詞，使得文章的接續更加清晰、明朗。

（二）添加：往下紮根深化

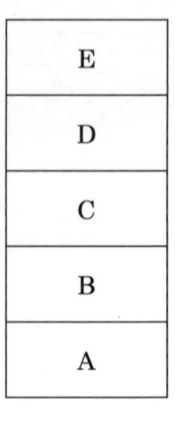

E
D
C
B
A

第二種情況是各個先行研究往特定地方深入，日文叫做「添加」。如上圖所示，A、B、C、D、E五個論點關係緊密、環環相扣，有逐步深化的趨勢。能找到如此的先行研究，又能解讀出之間的緊密關係，那實在太棒了。當然也可以利用日文表添加的接續詞（さらに、それに、その上、それに付け加えて），使得文章的接續更加清晰、明朗。

（三）対照：對照比較

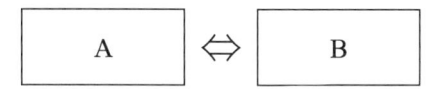

```
┌─────┐     ┌─────┐
│  A  │ ⇔  │  B  │
└─────┘     └─────┘
```

第三種情況是各個先行研究互相對照比較，日文叫做「対照」。如上圖所示，A、B二個論點的關係是比較、對照。能找到如此的先行研究，又能解讀出之間的相較量的關係，那實在不簡單了。當然也可以利用日文表對比的接續詞（一方、それに対して），使得文章的接續更加明朗、清晰。

（四）順序：按照發生時間點的前後順序排列

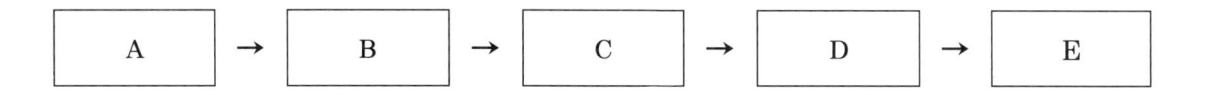

```
┌─────┐   ┌─────┐   ┌─────┐   ┌─────┐   ┌─────┐
│  A  │ → │  B  │ → │  C  │ → │  D  │ → │  E  │
└─────┘   └─────┘   └─────┘   └─────┘   └─────┘
```

第四種情況是各個先行研究順著時間發展而下。如上圖的箭頭所示，A、B、C、D、E各論點間的關係是一脈承襲。能找到如此的相同觀點，又能解讀出之間的承襲關係，的確花了不少的功夫，很厲害。依此同一觀點，往距今年代更久遠的資料找尋，基本上屬於彙整某一個研究的研究史的方法。一旦進入撰寫碩、博士論文階段，往往要求完整的課題。若能整體性地彙整研究史，將之放入碩、博士論文中的一章，將會提升該碩、博士論文的層次與評價。建議也多加利用日文表時間順序的接續詞（まず、次に、そして、それから、その後、最後に），使得文章的接續更加清晰、明朗。

（五）逆接：立場為相對立關係

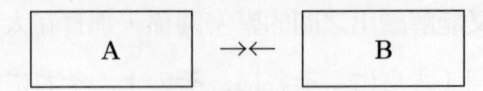

$$\boxed{A} \rightarrow \leftarrow \boxed{B}$$

第五種情況是各個先行研究處於對立的狀態，日文叫做「逆接」。如上圖所示，A、B二個論點的關係是相對立的。能找到如此的先行研究，又能解讀出之間的對立關係，也不是容易之事。撰寫論文當然不是為了反對而反對，能找到反論的理由，並婉轉反論成功的話，日文能力算是一流。而這時候，可以利用日文表逆接的接續詞（しかし、だが、それにもかかわらず、それにしても），使得文章的接續更加明朗、清晰。

以上的五種情況，當然不會單純地一次僅出現一種情況，往往會交雜出現。遇到這種情況，不用慌張，切記靈活交互運用上述五種情況的描述手法，困難就可以迎刃而解。而此時，只需要利用日文的接續詞的用法，便可讓各個先行研究的關係，更凸顯出來。

三、撰寫論文時，常使用的日文接續詞

接下來，介紹撰寫論文時，常使用的日文接續詞。

接續詞		用法與用例
（一）並列	名詞	1.說明： 名詞與名詞並列時使用，可以替換口語的「と」。 2.用句： および／ならび／ならびに 3.用例： ① 会場での飲酒および携帯電話の使用は禁止されている。 ② クラス名、氏名ならびに学生番号を記入すること。
	句子	1.說明： 句子與句子並列時使用。 2.用句： まず／また／そして／それから 3.用例： 台北の観光スポットには、まず101ビルがある。また故宮博物館も世界的に有名である。そして龍山寺も一度は行って見るべき名所である。それから庶民的な味がたっぷり味わえる士林の夜店も忘れてはならない。
（二）添加		1.說明： 加深話題的深度。 2.用句： それに／その上／それに加えて／かつ 3.用例： ① 本論文は着眼点がよい。それに、論究も行き届いている。 ② 台湾には日本語学習者が多い。その上、日本に親近感を持っている人がかなりいる。 ③ トヨタは、日本の地域社会への貢献に力を入れている。それに加えて、国際化戦略にも積極的に対応している。 ④ 論説の進め方は綿密かつ厳密である。

接續詞	用法與用例
（三） 強調	1.說明： 　強化語意時使用。 2.用句： 　それだけではなく／そればかりではなく／それのみならず 3.用例： ① 日本のドラマが台湾でブームになって久しい。それだけではなく、日本の商品も長いこと人気が続いている。 ② 日本は土地が狭い。そればかりではなく、人口も多い。 ③ 日本の平仮名は中国の漢字から着想を得た。それのみならず、カタカナも漢字の字画を省略して作られた。
（四） 対照	1.說明： 　事物對比、比較時使用。 2.用句： 　一方／それに対して 3.用例： ① 日本の新学期は、桜が咲く3月に始まる。一方、台湾では暑さが和らぐ9月に始まる。 ② 台湾では「哈日風」がポップカルチャーの主流のひとつとなっている。それに対して、日本では、「韓流」が人気を集めている。
（五） 選擇	1.說明： 　使用於擇一的情況。「もしくは」的用法常見於法律用詞上。 2.用句： 　あるいは／または／もしくは 3.用例： ① 指導教官あるいは保証人の捺印が必要である。 ② 現金またはクレジットカードの支払いが可能である。 ③ 退学もしくは休学の可能性もありうる。

接續詞	用法與用例
（六）說明	1.說明： 　更簡單地說明詞彙或專有名詞時使用。 2.用句： 　すなわち／つまり／いわゆる 3.用例： ① 日本三景、すなわち安芸の宮島、丹後の天橋立、陸奥の松島は古くから有名な景勝地である。 ② 日本では、七十歳を超えた老人が全人口の三分の一近くを占めている。つまり、日本は超高齢化社会になりつつある。 ③ 日本では、一人の若者が老人五人の生活を負担しなければならない、いわゆる「少子化」が進んでいる。
（七）說明を補足する場合	1.說明： 　順便附帶上一筆說明時使用。「ただし／もっとも」是對於上述的事情，補充說明例外情況。「なお」對於上述的事情，補充說明不盡事宜的情況。「ちなみに」是提及與此相關的其他事情。 2.用句： 　ただし／もっとも／なお／ちなみに 3.用例： ① アンケート調査は、論者が行ったものである。ただし、データの分析は、コンピューターによる。 ② 日本の離婚率が高まっている。もっとも日本では江戸時代から出稼ぎのために夫婦別居は一般的であった。 ③ 調査資料のコンピューター化は既に済んだ。なお、資料の分析は今後の課題とする。 ④ 日本の不景気が深刻な問題となっている。ちなみに、現時点での失業者は、実質五人に一人だそうである。

接續詞	用法與用例
（八） 話題を転換する場合	1.說明： 　提示即將轉換話題。 2.用句： 　さて／ところで／話題は変わるが／話を前に戻すが 3.用例： ①以上、森鴎外の歴史小説を一通り検討してきた。<u>ところで</u>、今度は視点を変えて同時代の作家との繋がりをも見てみよう。 ②第二言語学習者が抱いている不安は学習意欲の増減に繋がる大事な問題だと分かる。<u>話を前に戻すが</u>、コンピューターによる不安の程度の測定は、現段階でも既に可能となっている。
（九） 順接	1.說明： 　前後文間有明確的因果關係。 2.用句： 　そのため／従って／それゆえ／そこで 3.用例： ①先行研究では、国際間の貿易摩擦が生じた場合、民間企業が取った対策の検討が欠落している。<u>そのため</u>、本論文は、民間企業が取った対策について調査することにした。 ②日本語検定試験の受験者は年々増えている。<u>従って</u>、新しい日本語検定試験の対策問題集の作成を急がなければならないのである。 ③一人暮らしの老人が引き起こす社会問題は、日に日に深刻となっている。<u>それゆえ</u>、老人社会福祉では、心的ケアにも力を入れるべきである。 ④このカーブのため、最近、交通事故による死亡事故が相継いで発生している。<u>そこで</u>、住民と政府が手を組んで事件防止に取り組み始めた。

接續詞	用法與用例
（十）逆接	1.說明： 　前後文間的因果關係不對稱、相違背。 2.用句： 　しかし／だが／ところが／それにもかかわらず／それにしても 3.用例： ① 選挙の度に、政治の抜本改革がよくスローガンとして喧伝されてきた。しかし、一度政権を取ってしまうと、どの政党も抜本改革などは全然頭の中に浮かんで来ない。 ② 十名の関係者に事件について語ってもらった。だが、誰もが口を揃えたように「知らない」と言い、証言を得るには至らなかった。 ③ 本研究分野の資料はまだ未開拓であり、今のところ有効な資料が見つかっていない。ところが、殆どの先行研究で、話題として本件について触れている。 ④ 消費税の増税に対して国民の反対する声と不満が高まっている。それにも関わらず、首相はそれを断行することに決めた。 ⑤ 学習者の学習効果は次第に落ちている。それにしても、今回の成績は例年に比べ、落ち方が予想外に大きかった。

　　初級的日文學習，還看不出接續詞有那麼重要。一旦進入開始用日文書寫的中級、高級的日文學習階段時，便知道接續詞的重要性。特別是撰寫專題報告或學術論文時，為了彰顯論文主旨與推論的方向，接續詞的使用更是不可或缺。日本人幫忙修改台灣人寫的日文文章時，首先看不懂前後文接續的因果關係，因為台灣人寫的日文文章，在沒有人提醒的情況之下，往往忽略了接續詞的功用。建議多多熟悉上面表格中所列出常見的接續詞用法，對於撰寫專題報告或學術論文有極大的助益。

四、三階段式的論點表達方式

　　不只說話需要藝術，言語的溝通也要有順序性。特別是日本人遇到不同意見的情況，不會劈頭就表明反對的言論或立場。日本人所採取的方式是先肯定再否定，之後提出自己的看法。學習日文或是用日文撰寫不同意見時，建議須先跨過此異文化的隔閡。學習下面表格所列出的三階段式的論點表達方式，表達出自己不同的意見，將可符合日本人表達意見的習慣。

【第1階段】先肯定該先行研究的某個論點

　△△△△の論点は、① 大変示唆に富んでいる。
　　　　　　　　　② 大変示唆的である。
　　　　　　　　　③ 大変納得のいくものである。
　　　　　　　　　④ 大変納得できるものと言える。

【第2階段】舉出該先行研究不夠充分之處

　しかし、◎◎◎の点については、① あまり触れられていない。
　　　　　　　　　　　　　　　② あまり論究されていない。
　　　　　　　　　　　　　　　③ 十分に究明されたとは言いがたい。
　　　　　　　　　　　　　　　④ 論究はまだ不十分である。
　　　　　　　　　　　　　　　⑤ 論究は十分にされているとは言えない。

【第3階段】導引出另一新的可以補足先前舉出先行學說不足之處的先行研究

　一方、▲▲▲▲は、◎◎◎については、① 次のように詳論している。
　　　　　　　　　　　　　　　　　② 以下のように詳しく論じている。
　　　　　　　　　　　　　　　　　③ 以下の論説を提出している。

　　還記得前面幾課提過人形的概念，以及第10課上圖式的人形嗎？在此須注意「有頭、有身體、有腳」的緊密結構之外，還須注意意見鋪陳的順序。意見鋪陳的順序如下：先持以肯定、再點出不足之處、最後勇敢地拿出可以補充不足處的其他資料文獻。此鋪陳的方式姑且命名為「三階段式的論點表達方式」。

五、三階段式的論點表達範例

A範例：對先行研究的論點表達贊成意見時的寫作方式

> ○○○○は、国際協力について、次のような指摘をしている。
>
> 　　△△△。
>
> 　引用の如く、国際協力は、確かにグローバル化時代には必要とされたものである。この点については、論の展開が綿密に行なわれ、行き届いた論点として評価できる。また、国際協力に携わる国の責任については、●●●●は、さらに次の論点を出している。

「○○○○」以及「●●●●」都是指被引用書籍作者的名字。

對於先行研究的論點持以肯定的立場時，對於該論點的哪個地方持以高度的肯定？理由為何？一併說明清楚比較妥當。

B範例：對先行研究的論點，一部分表達贊成、一部分表達反對時的寫作方式

> ○○○○は、国際協力について、次のような指摘をしている。
>
> △△。
>
> 　引用の如く、国際協力は、確かにグローバル化時代には必要とされたものである。この点については、論究が行き届いて、納得出来る。しかし、国際協力は国連にすべて任せておけばよいという見解には賛成しかねる。というのは、グローバル化時代を迎えた今日、各国の関係がより緊密になりつつあることは自明な事実であるからである。国際関係事務については、相互に合意した上で、友好的かつ互恵平等の立場で進めていくべきである。各国の合意については、●●●●は、さらに次の論点を出している。

　　對於先行研究的論點的一部分表達贊成，同時對於另一部分表達反對立場時，對於該論點的哪個地方持以贊成的意見？理由為何？又對於哪個地方持以反對的意見？理由為何？一併說明清楚比較妥當。

C範例：對先行研究的論點表達反對的意見

○○○○は、今回の事件について、次のような指摘をしている。

　　△△△。

　確かに、○○○○の論点は被害者の立場に立って、被害者が被った被害を詳細に論じたもので、その主張にはそれなりに一理あると認められる。しかし見方を変えてみると、事件には被害者がある一方で、加害者もあるため、当然加害者の課題にも目を向けるべきである。加害者の立場については、●●●●は、次のように詳論している。

　對於先行研究的論點持以反對的立場時，反對該論點的哪個地方？理由為何？一併說明清楚比較妥當。

六、彙整先行研究之後，導出研究題目正當性之範例

　　依據不同的情況，連續使用前述的論述方式，串連出論點的一定發展方向。該發展趨勢不外乎是往自己即將選定的研究題目方向發展，如此一來，就可以順理成章推演出本身所選定的研究題目之可行性與正當性。下面的範例，可供練習導出時的參考。

> 　　〜〜〜〜〜においては、〜〜〜〜に関する研究は重要である。今までの研究によって、〜〜〜〜が分かった。しかし、〜〜〜〜については、完全に解明されているとは言い難い。／十分に解明されているとは言えない。／まだ解明されていないと言わざるを得ない。／まだ明らかになっていない。／未だ判明していない。／未だ明らかではない。したがって、／このように、／そこで、／本論文では、〜〜〜〜することにした。／〜〜〜〜について考察することにしたのである。／〜〜〜〜について究明するのである。／先行研究の不十分な所を検討しながら、具体的に〜〜〜〜をテーマにして研究を進めて行きたい。

　　第一句先肯定該論文題目是經過對照過先行研究後所得，後灰色處為常用的句型，斜線部分所列的用法意思彼此相通，可以替換使用。記得只要擇一使用即可。

練習題
活用前述範例，練習撰寫彙整先行研究之後導出研究題目的正當性。

第12課

常見的研究方法與推論方式

學習重點說明

- 認識研究方法的重要性。
- 介紹常見的研究方法。
- 客觀推論論點的方式。
- 選擇適合自己領域專攻的研究方法與推論方式。

研究需要有方法，方法找對了就會事半功倍。例如台灣現在有了高鐵快速運輸交通工具，縮短了台北與高雄間的距離，也大大提升了經濟效益。如果還有人不知道有高鐵的存在，決定用雙腳從台北走到高雄的話，到達目的地的速度，絕對是輸給搭乘高鐵的人。而搭乘高鐵的人，快速到達目的地後，還有更多的時間做更多的事。如果方法不對，相對要付出加倍的時間與精力，這個道理應該很淺顯易懂。立志從事研究的初學者也是一樣，除了需要先初步認識該領域的研究方法，以圖事半功倍，還必須從中選定已經在該領域行之多年、有一定可信度的方法。也就是說，使用合適的研究方法，才能順利進入該領域研究。

一、常見的應用於學術研究的方法

常見的應用於學術研究上的方法,簡單整理出下列七種研究方法。

常見的應用於學術研究的方法:

分類	說　明
(一) 文獻檢視法	1.說明: 　搜尋參考書目,遍讀所有資料、文獻,從中分析、釐清出一定的研究趨勢,進而客觀導出自己的見解。在人文社會科學的領域中,這是最常被應用的方法。 2.優點: 　若能確實蒐集、閱讀各方參考書目、文獻、資料,並旁徵博引各方文獻,必可成為精心之作。 3.缺點: 　因地域不便、時間久遠、資料絕版等因素,資料不容易得手。且研讀、比對資料、釐清觀點,耗時費工,通常無法於短時間內量產。 4.建議: 　要具備相當的決心與毅力、體力、眼力,搭配相關論文當範例研讀、參考。
(二) 觀察作筆記法	1.說明: 　從頭至尾都只是當第三者,從旁觀察行為者的行為模式或變化。因沒有與行為者對話的機會,人為主觀因素可以減至最低。觀察期間須準確、快速寫筆記,鉅細靡遺地將行為者的行為記錄下來,再從中找當初設定的研究問題意識的答案。 2.優點: 　因自始至終是旁觀者的角色,人為主觀因素可以減至最低。若能客觀的觀察、如實的記錄,將深具說服之力。 3.缺點: 　需要體力、集中力、時間,也必須克服不允許長時間持續觀察的客觀、主觀環境因素。記錄與設定主題相關細節部分,需要更仔細、明確、完整。 4.建議: 　搭配相關論文當範例研讀,了解例行的方法,練習快速、精準記錄方式。

分類	說　明
（三） 訪談調查法	1. 說明： 透過面對面的人性問答方式得到的研究成果，可分為單獨面談與群體面談二種方式。此方法同時可以觀察到即時問答時的反應，將人為下意識掩飾的不確定因素排除至最低，藉此客觀分析研究目標的實際狀況，如實重現研究課題的現況。 2. 優點： 面對面的人性問答方式，有時可以問出當初沒有設想到的問題點，發現新思維，並藉由當場的即時反應，將人為故意掩飾的干擾降至一定的程度。能掌握實際現況，是本方法具有的優勢。 3. 缺點： 面對面問答法需要花費較長的時間，受訪者的人數以及受訪者配合的意願都是事先要考量的事情。必須先受過專業的訓練，才能在同一時間內明察受訪者回答的用意，與分辨出刻意或非刻意的反應。另外，儘管在訪談間可以從受訪談者的回答當中得到啟發、發現新思維，是本方法的優點，但也有可能因為發現了新思維之後，事後沒有能力同時處理受訪談者各自陳述的諸多繁雜資料這樣的難題。訪談後的口述資料，必須整理成文字檔案，因此需要花費時間與人力。 4. 建議： 除了充實相關知識之外，訪談者須具有不怕與人群接觸的特質，並擁有良好的人際關係，才能搭配相關論文當範例研讀，了解實際執行的方法。為避免建立文字檔案時遺漏重點，可以事先徵求對方同意錄影或錄音，事後可以重複參考，以杜絕遺漏。再者，訪談是互惠的行為，訪談者可以事先準備小禮物回饋。且一定要對當事者承諾：當事者的回答，絕不會用於本研究以外；使用當事者的回答時，保證匿名。
（四） 田野調查法	1. 說明： 實際拜訪研究目標（受訪者）的生活區域，經過一段時間共同生活或訪談中，觀察或問答出當初設定的研究問題的答案。 2. 優點： 研究者接近研究目標（受訪者），藉由共同生活、觀察、培養同理心之後，可以更容易進入研究主題，所獲得的研究參考價值極高。

分類	說　明
（四） 田野調查法	3.缺點： 除了環境差異、生活習慣不同、言語隔閡等需要研究者努力克服之外，時間與體力的拉鋸，也是決定成功與否的重要關鍵。 4.建議： 事先對即將調查的地區必須充分地了解，體力、時間、相關物品必須準備萬全，並搭配相關論文當範例研讀，了解實際使用的方法。再者，研究成果是互惠的行為，研究者可以事先準備小禮物回饋。且一定對當事者承諾：當事者的回答，絕不會用於本研究以外；使用當事者的回答時，保證匿名。
（五） 口頭問卷法	1.說明： 須事先受過專業訓練設計出客觀的問卷試題，並須擁有使用統計學的方法及專業分析回收問卷結果的技能。透過面對面的口頭問卷方式，問出研究者所預先設定的研究課題所要的答案群組。通常不會問不到答案，有些甚至能啟發研究者發現較深入的新問題。 2.優點： 與回答者有面對面溝通的機會，可以透過輕鬆聊天或問答的方式，問出研究者當初所設定的問題的答案群組。並能隨時發現或是深入或是增加新問題，增加研究的普遍性與客觀性。 3.缺點： 口頭詢問問卷方式，須花費較長的時間，回答者的人數以及配合的意願都要事先考量。做問卷之前，須具備擬出一份不錯的問卷試題的預備知識。做問卷之後，又需要用統計學的分析方法，分析回收問卷等專業能力來相輔佐。一切配合不夠完備的話，常會流於形式的口頭問卷調查，問卷上反應出的意見，沒有太大的實質意義。 4.建議： 訪談者的態度須中立，不可以刻意引導回答者回答訪談者所要的答案。也可以事先徵得對方同意的錄影或錄音方式，以防止遺漏。此外，設計出的問卷試題的題數、圈選式回答問題或文字填寫式回答問題，以及圈選式回答的答案的分級化（常見為五等級，例如非常同意、稍微同意、同意、稍微不同意、非常不同意等五個級次）等相關預備知識，須事先不

分類	說　明
（五） 口頭問卷法	不同意、非常不同意等五個級次）等相關預備知識，須事先通盤了解，且搭配相關論文當範例研讀，了解實際執行的方法。再者，研究成果是互惠的行為，研究者可以事先準備小禮物回饋。並一定要對當事者承諾：當事者的回答，絕不會用於本研究以外；使用當事者的問卷答案時，絕對保證匿名。
（六） 填寫問卷法	1.說明： 須事先受過專業訓練設計出客觀的問卷試題，並也須使用統計學方法，專業分析回收問卷的結果。由於是透過記名或無記名的問卷調查方式，沒有與回答者面對面對談的機會，因此回答者是外在干擾較少的因素之下作答。依據回收問卷所得的結果，分析出當初設定的研究問題意識的解答。 2.優點： 在比較沒有外力干擾之下作答，能以平常心如實答題。所獲得的回答，比較能如實反應出實況。 3.缺點： 如何提升回答者回覆問卷的意願是個挑戰，這關係著回收率的問題。如何設計出一份完備的問卷試題，也和問卷能不能問出問題重點有關。而做問卷之後，還須用統計學方法，專業分析回收問卷的結果。一般問卷的誤差值都控制在±3％以內，超過這個誤差值就會被質疑問卷的公正性、可信度。於是誤差值的多寡，決定該問卷結果是否有參考價值。 4.建議： 著手解決設計完備的問卷試題、增加回收率、減低誤差值等三個問題，並搭配相關論文當範例研讀，了解實際使用的方法。再者，研究成果是互惠的行為，研究者可以事先準備小禮物回饋。並一定要對當事者承諾：當事者的回答，絕不會用於本研究以外；使用當事者的問卷答案時，絕對保證匿名。
（七） 科學實驗法	1.說明： 透過實驗室的科學儀器輔助，從中獲取客觀數據，再根據數據的分析、比較結果，找出當初設定的研究問題意識的答案。一般應用於理工科學領域方面。 2.優點： 科學精準儀器，再配合上科學方法的論證，導出的研究結果有其步驟、順序，符合科學論證的精神。

分類	說　明
（七） 科學實驗法	3.缺點： 科學儀器動輒數十萬、百萬，如果一離開實驗室，或不是研究團隊的一員，很難能獨立作業或有個人突出的表現。研究業績通常是掛上團隊成員的名字。 4.建議： 搭配相關論文當範例研讀，了解實際執行的方法，並熟知各類先進儀器的使用知識，建立團結力量大的概念。

　　粗略地列出學術論文上比較常見的七種研究方法。就像每當選舉時一定會做的電話民調，雖然沒真正面對面訪談，但應該還算是訪談調查的一種。也就是說，概念互通的話，雖然沒有明列出來，都可以比照辦理。再者，沒有規定只能選擇一種研究方法，可以根據需要，適時地混合搭配其他研究方法，以期盡量趨於完備。

　　眼尖的讀者，有沒有發現上述七種研究方法中，可以找到一個共通點？那就是以上七種研究方法，大致可分成下面三大類：第一類是「閱讀文獻資料」、第二類是「實驗室做實驗」、第三類是「與研究目標（受訪者）近距離的接觸（含口頭問答或文字問答）」。第一類需要閱讀大量的文獻，統籌論點。第二類需要重複步驟做科學實驗，分析結果。第一、二類都需要專門知識背景做配合。而第三類由於要接近人群，除了須有專門知識的訓練之外，研究者更須具備與人良好互動的特質。選擇適合自己的題目，也要選擇適合自己的研究方法，才能達到加倍的效能。

二、論點推論的方法

　　研究不外乎是對一個問題發生興趣，經過蒐集資料，並彙整、分析、比較資料之後，統籌出一個結果或結論。就像推理小說中描寫發生命案一樣，發現了命案，蒐集、過濾周遭相關線索，經一一比對查證之後，找出犯人的輪廓，統整一個結論。無論如何，總會推向一個結果。

　　和一般看連續劇、重大事件一樣，大家都想知道結果。重點就在於結果要如何推論出來。要中立、客觀、邏輯，要具有說服力，此等概念大家都知道，但如何實際落實、如何運作呢？此時就必須把握從彙整資料後，進行推論的流程。推論的流程，不外乎使用二種方法，一個是「歸納法」，一個是「演繹法」。一般而言，社會人文科學領域的論文，習慣用「歸納法」來推論；而自然科學領域的論文，習慣用「演繹法」來推論。當然也可以不沿用一般習慣，只是可否經得起考驗？論點是否能廣為該領域的學者接受與否？接受度又是多少？這些都須仔細考量。

常見的推論方法：

類別	說明
（一） 歸納法	1.撰寫順序： 問題意識→考察過程：羅列資料→比較、分析資料→適時適宜引用佐證資料→導出結論 2.特徵： 較常運用於人文社會科學領域之上。
（二） 演繹法	1.撰寫順序： 問題意識←假定結論或下結論→實驗考察過程：介紹實驗步驟→分析實驗所得數據→適時適宜引用佐證資料→再次強調結論 2.特徵： 較常運用於自然科學領域之上。

二種推論方式的差別，在於研究鋪陳到什麼階段將結論帶出。使用「歸納法」時，一直到分析、比較資料階段完成後，才導出結論；而使用「演繹法」時，一開始就交代結論，待實驗驗證之後，又再次聲明結論。其差異來自於各自研究體系的不同屬性。

　　「歸納法」因為其結論來自於客觀考察資料、分析比較統整資料後，才可能獲得的結論，每一步驟都是環環相扣、系統連貫，因此導出的結論，就不是撰寫論文者天馬行空，而是有跡可循，具有某個程度的可信度，這樣被接受度也相對提升。相對的，「演繹法」是證明某個特定物品對於某件事情的影響，而反覆進行了無數次的成功或失敗的實驗後所獲得的結論。將此研究成果用研究論文方式公諸於世，其鋪陳方式直接簡單明瞭地點出問題意識、結論、實驗過程，並再次強調結論即可。只要科學實驗過程能夠交代仔細，一般不會有人懷疑結論的公正性。

　　如果有人想應用「演繹法」來撰寫人文社會科學領域的論文，第一個碰到的難題是會被質疑撰寫者的態度公正客觀與否？因為撰寫者如果心中已經預先有了結論，之後使用的資料、文獻，僅會無意識或有意識地取樣符合推出該結論的資料、文獻。而論述的方向，也會無意識或有意識地偏向於合理解釋該結論成立的方向。因此，對於無法讓該結論成立的資料、文獻，可能就會無意識或有意識地避而不談或是視而不見，當然這就是造成被質疑撰寫者論述不公正、客觀的原因了。

　　假使非得用「演繹法」來撰寫人文社會科學領域的論文時，須切記一點，就是不要只著眼於可以讓該結論成立的正方資料、文獻，更須用心解釋不能讓該結論成立的反方資料、文獻才是。易言之，能用來解釋論點的資料，解釋得通的固然很好，那麼不能解釋得通的資料，又該如何處理，也是應該考量的。也就是說，若想讓論證客觀，包含比較、仔細考量正方與反方資料，是必要的。

第13課
撰寫研究內容與研究方法

學習重點說明

- 撰寫研究內容與研究方法的重要性。
- 限定研究內容、定義、時代分期的概念。
- 撰寫研究內容與研究方法的注意要項。
- 撰寫研究內容與研究方法的參考模式。
- 撰寫研究內容與研究方法的範例。

研究計畫書所必備的第三要項為「研究內容與研究方法」。題目訂定太過含糊、考察的標的沒有具體化，都可以在此再次說明。另外，要使用第12課所介紹的諸多研究方法的哪一個或哪一些，也可在此一併提及，對於讀者或論文撰寫者雙方都比較有利。因為在同一個平台上，做了以上的溝通或強調，有助於建立起雙方對於該研究計畫書方向的初步共識，如此一來，之後讀者研讀該研究計畫書，就比較能夠站在撰寫者的同一立場。由於這是撰寫者再次表白立場的機會，所以撰寫「研究內容與研究方法」，當然就很重要了。

另外，為了適度表達研究計畫書規劃的用意，避免讀者與撰寫者站在不同的基礎點上閱讀研究計畫書，有必要導入專有名詞以及時代分期的概念。如此一來，可以建立專業的形象。

本單元重點為學習如何撰寫「研究內容與研究方法」。

一、建立定義、時代分期、限定研究內容等概念

（一）建立定義概念

撰寫研究計畫書或之後的碩、博士論文，縱使如「民族」、「東洋」、「西洋」這樣的簡單詞彙，都需要引用先行研究先確定其定義。當然同一個詞彙會因研究者的立場不同，而有不同的或是從嚴或是從寬的定義。此時，論文撰寫者就需要明確地表明立場，在該論文中所使用的某個詞彙，是依據哪位學者的論調或集合哪些學說的論調而定義的。切記要加註腳，標明資料來源、出處。不論從嚴或從寬下定義都可以，完全由撰寫專題報告或學術論文執筆者決定即可，只要說清楚、講明白就沒有問題。

例1

　本論文では、柄谷行人の説に従って、「他者」を「自分と言語ゲームを共有しない者のこと」だと定義することにした。

例2

　本論文では、サイードが『オリエンタリズム』で述べた「東洋」に関する文化帝国主義の学説に従い、「西洋」が「強力で、勇壮である」のに対して、「東洋」は「美しく、か弱い、劣っているもの」として見ることにした。

例3

　本論文では、吉田寿三郎が『高齢化社会』で触れた学説に従って、「社会の構成員で65歳以上老人の人が占める割合が7％を越える社会のこと」を「高齢化社会」と定義することにした。

練習題（一）

找出學說，定義下面的專有名詞。

1. 少子化社会

2. 民族

（二）建立時代分期的概念

　　建立時代分期的概念也非常重要。日本學者習慣將一位作家的生平創作分期，細讀出各時期創作風格以及風格的轉變，於是常會有初期作品、中期作品、晚期作品的說法；或是將一家公司的營運歷史區分為草創期、成長期、興盛期、衰退期，也是常見的方法。而專題報告或學術論文的撰寫者，也可以依循該領域有名的研究者或普遍被接受的區分方式加以區分，但切記要加註腳，並標明資料來源、出處。當要決定研究哪一期時，基本上是任君選擇，但是若有初期、中期、晚期的時候，建議決定初期或晚期，但是要決定中期時就要特別謹慎了。因為決定了中期研究，無論研究成果多麼傑出，當被問到此經營或作品的特質是突然出現？或是承襲上一時期？或是有沒有延續至下一期？就無從回答起。於是，決定有延續性的時期區分時，建議不要貿然從中間擷取，盡可能選擇第一期（初期）或最後一期（晚期）較為保險。假設第一期（初期）已經被研究徹底，當然可以從第二期（中期）開始研究，只是在選定某個時期分段時，需要再仔細深思。

　　如果是一個時代中的某個時段，也需要註記具體年代，假設研究題目為：「台灣日據時代皇民化時期，日本政府所採取的日語教育方針」，所謂皇民化時期是自幾年至幾年，都應該具體說明。如果是根據某學者的主張，也請加註腳，標明資料來源、出處。

例如：

　　本論文では、蔡茂豊の説に従って、戦後台湾日本語教育の歩みを「過渡期」（1945-1947）、「暗黒期」（1947-1963）、「転換期」（1963-1980）、「開放期」（1980-1989）、「飛躍期」（1989-1996）、「多岐期」（1996以後）の六つの時期に分けることにする。

（三）建立限定研究內容的概念

　　了解定義、時代分期等重要概念之後，需要依此限定研究內容的範圍。假設是剛剛所提過的研究題目：「台灣日據時代皇民化時期，日本政府所採取的日語教育方針」，題目中只交代「日語教育」是不夠明確的。如果要重現原意，請再具體限定研究內容為「初、中等教育」或「高等教育」或「女子教育」，地區限定為「台北地區」或其他地區。如果是一位作家的初期作品，則研究內容具體限定為哪幾部作品，須將每一部作品名一一列出，勾勒出具體的研究範圍。

例如：

> 本論文では、漱石の第二の三部作を研究対象とし、具体的な作品を『彼岸過迄』、『行人』、『こゝろ』の三作品に限定することにする。

二、撰寫研究內容與研究方法的注意要項

　　上面強調的各個重點，若都能仔細考量且毫無遺漏撰寫出來，則已經符合撰寫研究內容與研究方法的基本要件了。但是如果以長遠的眼光從長計議、為論文完成品鋪路的話，則須為各個步驟或即將安排的章節一一說明用意，並依此為基準點，循序漸進，一一安插，當作論文的章節，如此一來就可以省不少事。比方說步驟一為打算做某個調查，此處僅需要用「調查する」等動作來結尾。而調查之前的事先準備程序、調查過程、調查結果等，未來可以當作第一章敘述的內容，放入第一章。依此類推，就可以逐步堆砌出論文大略的輪廓。

　　再者，各個步驟出現的順序也須慎思。比方說研究題目為：「美國總統歐巴馬的成長歷練」，此時可以從外界眼中所看的歐巴馬、歐巴馬家族眼中所看到的歐巴馬、歐巴馬自己本身認為的歐巴馬等三個步驟開始著手研究。而第一步驟中所言的「外界」，又可以把視點區分為國內以及國外的觀點。第二步驟所言的「歐巴馬家族」，可以依親疏關係區分為長輩、平輩、太太、孩子的觀點。第三步驟中所言的「歐巴馬自己眼中」，可以用公開、未公開形式區分為公開演講、書信、私人日記等。每一個步驟不見得一定非如此安排不可，但切記要清楚明白為什麼要如此安排？此安排的用意在於容易釐清問題癥結嗎？就像過年包元寶餃子，從切菜、剁肉、桿皮，哪個步驟先開始都沒有關係，只是為什麼決定要「切菜→剁肉→桿皮」，理由也要思考清楚。

　　而各個步驟間關係的闡述，可以利用第11課學習過的日文接續詞用法來明確表達。再次將撰寫研究內容與研究方法的注意要項，總整理如下：

重　點	說　明
（一） 定義	基本上學術相關專門用語，須嚴謹且明確地下定義，不管是從寬認定或從嚴認定都須交代清楚。可以追隨他人的學說、論點，也可以是自己客觀下的定義。

重　點	說　明
（二） 時代分期	分期可以更仔細看出各時期的特色與時代意義。可以追隨他人的學說、論點，也可以自己客觀分期。
（三） 限定研究範圍、交代研究具體內容（作品名）	研究範圍的限定可以依附在時代分期之下。某一時期的某個範圍的作品，數量不是太多的話，建議依創作時間的前後順序，逐一列出。
（四） 明示各個步驟	為往後編排章、節鋪路，又可以藉此訓練邏輯思惟或重新審視研究的可行性。
（五） 利用接續詞闡明各個步驟間的關係	步驟間的相互關係可以藉由接續詞來表明，建立一整套的研究程序。

　　若能確實執行注意要項的話，撰寫一篇研究內容與研究方法，是不會太難的。加油！一定可以辦得到的！

三、撰寫研究內容與研究方法時的參考模式

　　本論文は、〜〜〜〜を① テーマにし、〜〜〜を考察するものである。
　　　　　　　　　② 主題にして、〜〜〜を探るものである。
　　　　　　　　　③ 対象にして、
　具体的な研究内容を〜〜〜に限定する。なお、〜〜〜についての定義は、▲▲▲▲の論説に従うことにする。また、時期区分については、△△△△の説に従って分けることにする。研究方法としては、主に文献調査法によって行う。以下の四つのステップを踏まえた上で、研究の焦点とするものにアプローチしていきたい。
　（一行アケ）
1.まず、〜〜について定義する。
2.次に、〜〜〜する。
3.それから、〜〜〜〜する。
4.最後に、〜〜〜〜を① 総合的に〜〜〜を把握する。
　　　　　　　　　② 全体的に〜〜〜を究めたい。
　　　　　　　　　③ 系統的に〜〜〜を究明したい。
　　　　　　　　　④ 体系的に〜〜〜を明らかにしたい。
　（一行アケ）
　以上のように、〜〜〜を① 明らかにする所存である。
　　　　　　　　　② 解明していくことにする。
　　　　　　　　　③ 考察していきたい。

「～～」為題目或是重點內容或是專有名詞。「▲▲▲▲」或「△△△△」意指學者名。此參考模式是將列在總整理表格中的重點，融入日文文章當中所完成的。當然讀者可以依據各自所需，將沒有必要的地方，自由刪減或增加。文章一開始就再次強調該論文的題目，並具體限定研究的範圍。而強調論文題目的地方①②③三個選項，擇一使用，不用全部寫出。接下來的定義以及時代分期都是參考他人的學說，記得要標示資料來源、出處，之後也要稍微提起要用什麼研究方法進行研究。另外要說明步驟之前，為了格式美觀，建議先空一行再開始，步驟說明完畢也空一行之後再接小總結，這樣的格式會既美觀又整齊。研究步驟則須一一明確採取某個動作，記得是即將要做而尚未做的動作，應該用「～する」動詞或「～したい」希望形來結尾，而不是用「～した」過去式來結尾。且不要拉拉雜雜地說明用意，讓讀者摸不著頭緒、抓不到重點。第4步驟中的①②③④四個選項，擇一使用，不用全部寫出。最後再來個小總結，給予完美的結束。小總結中的①②③選項，也是擇一變化使用，不需全部寫出。

練習題（二）
根據上述重點並參考上述模式，撰寫研究內容與研究方法。

四、研究內容與研究方法參考範例

A範例

> 三、研究内容及び研究方法
>
> 　　戦争というふし目を考慮し、川端文学における「死生観」を戦前の「万物一如・輪廻転生」と戦後の「魔界」に分け、それぞれの作品を中心に探求していくことにした。以下の四つのステップを踏まえた上で、研究対象とするものに作品論から作家論へとアプローチして行きたい。
>
> 1. 大正末期から戦前までの作品を対象にし、「死亡」のテーマがどのように表現されているのかを検証する。さらに、「万物一如・輪廻転生」の理念と対照しながら、戦前の川端文学における「死生観」を究明する。
> 2. 戦後の作品を対象にし、「死亡」のテーマがどのように表現されているのかを検証する。さらに、「魔界」の理念と対照しながら、戦後の川端文学における「死生観」を究める。
> 3. 第一点と第二点で得た結果から、「万物一如・輪廻転生」群と「魔界」群との共通点と相違点を対照、比較しながら、川端文学における「死生観」を概括的に見極める。
>
> 　　最後に、前の三つのステップで判明したものを、さまざまな先行論究と照らし合わせながら、川端文学における「死生観」の全体像を総合的に把握する。さらに、作品と作者川端の経歴とのかかわりをも明らかにする。

　　步驟清晰、文章簡潔有力，值得供作參考。

B範例

三、研究内容及び研究方法

　本論では、漱石の第一の三部作といわれる『三四郎』、『それから』、『門』における「絵画」の意味に焦点を当てる。主に「絵画の場面」、「登場した画家」、「絵画のような場面」という三つの方向から三部作における絵画の意味の分析を試みたい。では、以下のステップを踏まえて、考察を進めていこうと思う。

1. まず、『三四郎』における絵画の場面を取り出し、「実在している画」の意味を分析してみたい。次は作中に登場した画家たちを「原口画工」と「実在している画家」に分け、彼らの役割を明らかにしたい。続いて作中に現われる絵画のような場面を取り上げ、「登場人物に対する描写」と「三四郎が物事に対する印象」と「雲についての描写」に分け、その意味を究明したい。なお、『三四郎』には画を描いている場面は二箇所[1]あるので、その画を描いている場面も分析してみたい。

2. 次に、『それから』における絵画の場面を取り出し、「代助が注文した画」と「実在している画」という二部分に分け、その絵画の意味を分析してみたい。その後、『それから』に登場した画家たちの役割をも、明らかにしたい。続いて『それから』に現われる絵画のような場面を取り上げ、「登場人物に対する描写」と「代助が見た景色」に分け、その意味を究明したい。

---

[1] 『三四郎』における画を描いている場面は「よし子が水彩画を描いている場面」（P394-399）と「原口が美禰子の肖像画を描いている場面」（P541-552）との二つの場面が現われている。

> 3.更に、『門』における絵画の場面を取り出し、その絵画の意味を分析したい。そして、『門』に登場した画家たちの役割を明らかにしたい。続いて『門』に現われる絵画のような場面を取り上げ、「宗助が見た景色」と「宗助の記憶にある画」に分け、その意味を究明したい。
>
> 4.最後に、前の三点の分析で明らかにしたところについて、「絵画」が『三四郎』、『それから』、『門』の三作においてそれぞれ持つ意味をどのように貫いているかを解明し、三部作を貫いている絵画の意味をまとめる。

步驟考慮周詳，且提及繪畫場景的細部分類，又加注說明容易引起歧見之處，可見是非常用心精讀之後，思緒綿密的創作，值得參考。

第14課

撰寫研究價值（意義）與今後課題

學習重點說明

- ➲ 撰寫研究價值（意義）與今後課題的重要性。
- ➲ 研究價值與研究意義的區別。
- ➲ 今後課題的必要性。
- ➲ 研究計畫書與研究成品的關係。
- ➲ 撰寫研究價值（意義）與今後課題的參考模式。
- ➲ 撰寫研究價值（意義）與今後課題的範例。

> 研究計畫書所必備的第四要項為「研究價值（意義）與今後課題」。研究有何意義、又有何價值，正是該論文是否有必要存在的關鍵點。而除了釐清此關鍵點外，也需要想一想完成這次研究之後，打算如何延續成果。也就是說，有必要就未來即將延伸的今後研究課題，稍微做一番規畫。

一、研究價值與研究意義的區別

研究如果沒有價值的話，一開始就不用那麼辛苦做研究了。無論如何，總要「老王賣瓜，自賣自誇」一下，只是說得太牽強的話，可能也沒有幾個人會相信。研究計畫書都已來到第四要項「研究價值（意義）與今後課題」，接近撰寫研究計畫書的尾聲了，到底研究價值在哪裡？還是認真思考一下吧！

價值是要別人認定的，怎麼可以自己說呢？也有學者持此論點，堅持不能說是「研究價值」，而要說是「研究意義」。那麼，「研究價值」與「研究意義」又有什麼樣的差別呢？

舉個例子來說，有個A學生非常喜歡貓咪，一開始執意要研究貓咪，問她為什麼？她也說不出明確的理由，這時問她的人就會開玩笑地對她說：「要是說不出個所以然，卻又堅持要做貓咪的研究的話，這個研究對你個人而言也許有研究的意義，但對整個人類社會而言，就不見得有研究價值了。」

從上一段對話中，弄清楚「研究價值」與「研究意義」的差別了嗎？研究價值是由社會大眾或學界來認定，所以考量研究價值這一點，就必須從社會大眾或學界的角度來思考。如果喜歡貓咪的A學生，能從人類文明的發展史當中，來看貓咪與人類的關係，比方說東、西方都一樣，人類是先從農耕開始群居生活，好不容易農作物收成了，就怕老鼠偷吃，而老鼠就怕貓咪來抓，於是貓咪成為人類

長時間共同生活的好夥伴。接下來，就可以依照先行研究中提及貓咪與人類的關係，或是各國名著當中描繪貓咪的種種形象，如此逐步聚焦到本身不研究貓咪不可的理由，那正是研究貓咪的價值所在了。

　　總之，若能以社會普遍能接受的客觀事實（或是榮獲了諾貝爾獎或是某個逐年攀高的數據等等）來論述，就比較能為他人所接受。再者，舉凡台灣國內論文審查的相關事宜，有一項「學術價值或應用價值」的評分項目，可見只要能從客觀數據或是廣為人知的事實來切入的話，再連結自己的「研究價值」，應該比較容易被接受吧！如果無論如何還是無法認同「研究價值」此一詞，總括自己的研究成果時，不妨就用「研究意義」一詞也是可以的。

二、今後課題的必要性

　　研究計畫書所必備的第四要項「研究價值（意義）與今後課題」中，還有一項為「今後課題」。如果從事的研究沒有未來的發展方向，這會有價值嗎？充其量只是對於研究者本身有研究意義而已吧！一個到處碰壁的人，除了抱怨時運不濟以外，他個人本身一定有該檢討的地方。同樣的，一個會觸底、碰壁的研究，研究題目本身的設定也一定有該檢討的地方。於是，不妨思考完成此項研究之後，該研究的延伸發展方向為何，也就是需要規劃一下今後課題的部分。

　　在此先說明何謂「今後課題」？在撰寫研究計畫書階段的學生，常常會搞錯，認為所訂定的研究計畫書的題目就是所謂的「今後課題」，那是不對的。「今後」並不是「今天以後」的意思，「今後」的意思是「本件研究案完成之後」的意思。也就是說，「今後課題」指的是本件研究案完成之後，接下來要繼續從事的第二個研究案的研究大方向。而且當然第一個研究案與第二個研究案之間，實質內容、方向不能相差十萬八千里，必須要有連貫性才可以。有人會問：「當前第一個研究案都還沒開始做，怎麼會知道以後要往哪個方向發展呢？」這的確是個好問題。但研究者本身如果沒有具備「鑑古推今」的視野，不知道過去的種種，又怎麼延續今日的研究呢？再者，如果沒有具備「望遠未來」的胸懷，即使完成了今日的研究，也不知歸向何方。「過去→現在→未來」的點、線、面連接沒有建構起來的話，研究只是玩玩而已。

三、研究計畫書與研究成品的關係

　　為了更加明確分清楚「今後課題」的概念，將研究計畫書與研究成品的關係，圖示如下：

研究計畫書與研究成品的關係圖：

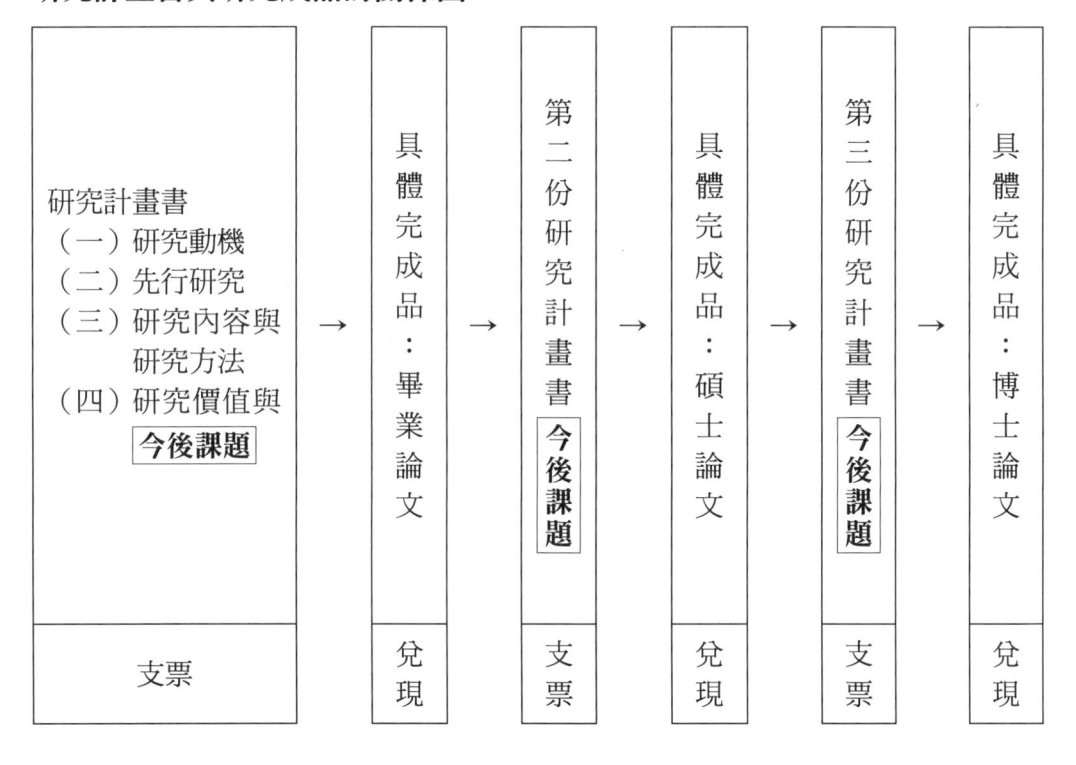

研究計畫書 （一）研究動機 （二）先行研究 （三）研究內容與 　　　研究方法 （四）研究價值與 　　　**今後課題**	→	具體完成品：畢業論文	→	第二份研究計畫書 **今後課題**	→	具體完成品：碩士論文	→	第三份研究計畫書 **今後課題**	→	具體完成品：博士論文
支票		兌現		支票		兌現		支票		兌現

　　如果所在的大學規定要繳交畢業論文才能畢業的話，可能第一份的研究計畫書就會在大四上學期完成，這就像在大四上學期開了一張支票。如果研究題目都沒有改變的話，那麼接下來的大四下學期，就會依據上學期的研究計畫書逐步完成畢業論文，然後繳交畢業論文，順利畢業，這動作就像是兌現支票。

　　既然是已經兌現了的支票，當然就不能夠再使用了，因此當要進入研究所就讀，報考時被要求繳交的研究計畫書，照理來說，是不能繳交第一份的研究計畫書（即為了撰寫畢業論文而先寫的研究計畫書），應該再撰寫第二份新的研究計畫書，這就像是又開了另一張支票。

如果順利進入研究所就讀，也如期按照第二份研究計畫書的規劃，完成了碩士論文取得碩士學位，這就像兌現了第二張支票。如果再想進修博士學位，一樣報考時繳交第三份的研究計畫書，就像開了第三張支票。順利進入博士班就讀，也如期按照第三份研究計畫書的規劃，完成了博士論文取得博士學位，這就像兌現了第三張支票。依此類推就可以得知，支票兌現了就不能再使用，除非再開一張新的支票，研究計畫書的意義也就是在此，當成品一完成，存在意義的重要性就消失了。如同規劃的活動一辦完，當然企畫書的存在意義就不是那麼重要了。如果按照上面的關係圖來解釋「今後課題」的話，第一份研究計畫書所規劃的「今後課題」，就是完成大學畢業論文之後，打算進研究所的研究方向，等於也可以放入第二份研究計畫書當中，當研究動機使用，藉以完成碩士論文。清楚了解這之間的關係了嗎？

　　撰寫研究計畫書可能會被認為太學術性了，但如果用於就業市場的話，這等同於撰寫企劃書。一般企劃書也是要先提為什麼要辦活動？因為這相當於研究計畫書裡研究動機的部分。而目前的活動難道以前沒有辦過嗎？用什麼方式？辦得如何？有關這一類資訊的回顧與總檢討，就等同於研究計畫書中先行研究的部分。接下來要用怎麼樣的方式辦活動？進行步驟為何？這和研究計畫書的研究內容與研究方法項目的道理相通。而此項活動對公司而言有何實際的效益？未來打算再辦些什麼樣的活動？這部分則相當於研究計畫書的研究價值與今後課題。於是，學習了撰寫研究計畫書，也等同掌握了撰寫企劃書要列入什麼項目、內容要怎麼安排，可謂一箭雙鵰！

四、撰寫研究價值（意義）與今後課題的參考模式

撰寫研究計畫書的第四要項「研究價值（意義）與今後課題」時，有以下三點訣竅。

撰寫訣竅：

要訣	說明
（一） 強調研究的必要性	最好使用社會大眾普遍能接受的事實或數據切入，證明有研究的必要性。
（二） 價值所在	具有研究的必要性為前提，導入研究主題，強調研究價值性的存在。
（三） 今後課題	本次研究案成品完成後，下一個研究案的大致研究發展方向。

以上三點大致皆能呼應前面提及的所有概念。實地開始撰寫時，可以參考下列的三個模式：

A模式

　　今までの〜に関する研究は、主に△△や△△などを◎◎を中心に探究したものが多いようである。それに対して、▲▲から◎◎に焦点を当てた本研究は、○○を研究する上で、欠かせないものである。この点において言えば、本研究には相応の価値があるものと言える。なお、本研究成果を生かして、今回、触れなかった＊＊＊＊を今後の研究課題としたい。

「▲▲」以及「△△」為一個立論觀點,「◎◎」為研究主題,「～」以及「○○」為研究標的,「＊＊＊＊」為今後課題的研究大方向。文字敘述雖然簡潔,但要點都敘述到了,算是一個基本版的模式。

B模式

> 本研究は、主に～～を研究目的とするものである。～～を抜きにしては、○○を語ることは出来ない。そして、▲▲を対象とした本研究は～～を目指したものであり、その点で一定の研究価値があると確信している。なお、本研究成果を活用して、今回、研究対象に入れなかった＊＊＊＊＊を今後の研究課題としたい。

B模式與A模式同樣是文字敘述簡潔,也都敘述到重點了,算是一個基本版的模式。

C模式

> 川端康成は、ノーベル文学賞をもらった最初の日本人としてよく知られている。女性の形象を抜きにしては、川端文学の精髄を語ることは出来ない。そこで、川端文学における女性像を解明することを目的とした本研究は、それに応じた研究価値が認められる。なお、今後の課題のことであるが、同じ新感覚派とされた横光利一文学における女性像がどのようなものかは、川端との比較の点からも一度解明すべき課題と言えるため、それを今後の課題としたい。

C模式利用川端康成獲得諾貝爾文學獎的殊榮切入,強調研究的必要性。隨之又以研究的必要性為前提,導入研究主題,強調研究價值性的存在。

五、撰寫研究價值（意義）與今後課題的範例

A範例

> **四、研究価値及び今後の課題**
>
> 　川端康成は、ノーベル文学賞を受賞した最初の日本人としてよく知られている。川端が女性を描く才能は他の男性作家に比べ、大変優れていると言われている。そのため、今までの川端文学の研究は主に作品における女性像を中心に探究したものが多いようである。しかし、女性像から浮び上がってくる「万物一如・輪廻転生」と「魔界」は、川端文学のもう一つの大きな課題だと言える。誰でも一度は「死」を体験しなくてはならない。まして、戦争の体験を経て、作風に変貌が見られる川端文学であるため、「死生観」を抜きにして川端文学を語ることは出来ない。「死生観」の究明を中心とした本研究は、川端文学研究の上で研究価値があることは否めない。
>
> 　なお、今後の研究課題であるが、川端文学の研究成果を生かして、同じ新感覚派作家の横光利一文学における「死生観」と比較することを今後の課題としたい。微力ながら研究成果を活用して、台湾の人々に日本文学の真意を理解してもらうように努力して参りたい。

　　A範例是利用從廣為社會大眾周知的事實而切入的技巧，來強調研究的必要性、價值性。

B範例

> **四、研究価値及び今後の課題**
>
> 　従来の研究では、恋愛や青春小説の観点から漱石の第一の三部作を探求した論説はよく見られるが、「絵画」の視点から第一の三部作を通してまとめた論究はあまり見られない。それゆえ、それを主眼とした本研究には、その点で研究価値があると思われる。なお、第一の三部作のみならず、第二の三部作『彼岸過迄』、『行人』、『こゝろ』、そして漱石の全集から絵画に関わっている部分を取り上げ、漱石自身の南画趣味と対照しながら、全般的に漱石文学における絵画の意味への探求を今後の課題としたい。

　B範例是從漱石的專業研究角度切入，藉以強調研究的必要性、價值性。

第15課

研究計畫書以及研究所課堂發表或是學術會議上口頭發表範例

學習重點說明

- 完整版的研究計畫書範例。
- 以完成的研究計畫書為原點,發展至論文目次的技巧。
- 製作研究所課堂上發表資料的技巧。
- 研究所課堂上發表資料(或是學術研討會議上口頭發表資料)範例。

至此，已經將研究計畫書所須具備的四要項全部說明完畢。但是一份完整的研究計畫書，記得不要遺漏了文本、參考書目的資料。文本有沒有需要列出？又該如何列出？參考書目的資料要如何羅列出來？這些都已經在本書第6課說明完畢，可以翻回複習。在此附上本書常常引用拿來當作範例說明的兩份完整的研究計畫書，供作參考。

一、完整版的研究計畫書範例

A範例

以下範例A，是撰寫者當年參加日本交流協會公費留學考試時繳交的研究計畫書。撰寫者順利考取公費留學之後，目前在廣島大學攻讀博士學位。

川端康成文学における死生観
——「万物一如・輪廻転生」と「魔界」を中心に——
王　薇婷

一、研究動機

大学時代「川端康成の作品における女性像の研究」を卒業論文のテーマに、『伊豆の踊子』と『雪国』に描かれた女性の身体描写を探求した。具体的な仕草はもちろん、抽象的な「声」は両作の女性像にとって重要な特徴だという結果を得た。その後、戦後の『千羽鶴』、『山の音』、『眠れる美女』の作品を読み進めた。晩期作品の『千羽鶴』の太田夫人や『山

の音』の保子の姉など主人公が憧れている女性達は、殆ど「死亡」のイメージと重なっていることに気付いた。また、憧れている女性像の死亡に対して、『山の音』と『眠れる美女』の主人公も、自分の死亡と老いに直面する描写が目立っている。このように、女性から死へとつながっている側面が窺える。そこで、川端文学における「死生観」に興味を持つようになり、それを研究テーマに決めたのである。

二、先行研究

さて、『山の音』の主人公が自分の死亡と老いに直面する描写について、長谷川泉は以下のように主張している。

> 「山の音」は老人の文学として注目された点がある。老人の文学には、死に片足を踏み入れた感慨を拭い去ることはできなかろう。だが、川端文学は、老人を描いた文学でなくても、初期から死の色を染めていたといえる。「山の音」は、たまたまその極点に位置するだけである[1]。

長谷川泉の説では、『山の音』は老人の文学として注目されたが、川端文学の「初期」から既に死の色を染めていたという。このように、早い時期から「死」が川端文学に潜んでいると分かった。なお、時期区分については、川端文学における「死生観」を三時期に分けている川嶋至の説に従うことにする[2]。

---

[1] 長谷川泉（初出1972・1973）「『千羽鶴』と『山の音』」『日本文学研究資料叢書　川端康成』有精堂p219

[2] 川嶋至（1991）「川端康成の死生観」『国文学　解釈と鑑賞』3月号p48では、川嶋至は（1）「伊豆の踊子」（大正15年）あたりまでの初期、（2）「浅草紅団」（昭4）を経て「雪国」（昭10）にいたる中期、（3）戦中を経戦後のすべての時期を包含する後期という三時期に分けている。

そして、初期作品には、婚約事件を素材にした「篝火」、「葬式の名人」、「十六歳の日記」など、生い立ちにまつわる作品が多い。作者の観点から、川端の初期の「死生観」を試みた論究も多く見られる。例えば、川嶋至は「『孤児の感情』とともに川端を悩ませた早世へのおびえ」と「日常生活のなかで聞かされた仏教説話」との論点から、少年期の川端の「死生観」を解剖している[3]。「孤児の感情」は、生後まもなく両親と死別し、さらに祖母、姉に先立たれ、十四歳で祖父を喪い、孤児となった川端の心の中に生まれた感情[4]という。一方、「肉親との死別」に対して、羽鳥一英は第一次世界大戦と日本の関東大震災で、数多くの死を経験した点から、大正末期の川端が常に意識しているのは、「死」の問題だと指摘している[5]。

　一方、精神の支えとした「仏教」との接触について、今村潤子は川端康成は幼少期から祖父の関係で「仏教」の影響を受けている[6]と指摘している。「仏教」の支えによって、どのように「死」の問題を超越するかは、少年期の川端康成の最大の課題となろう。そこで生まれた「万物一如・輪廻転生」の思想とは無縁ではない。

　肉親との死別から生まれた「孤児の感情[7]」と関東大震災の影響で、「死」の問題に悩んでいる川端康成は、「死」の問題を超越しようとし、幼少期から祖父の関係で「仏教」との接触によって、「万物一如・輪廻転

---

[3] 川嶋至（1991）「川端康成の死生観」『国文学　解釈と鑑賞』3月号p48
[4] 川嶋至（1991）「川端康成の死生観」『国文学　解釈と鑑賞』3月号p48
[5] 羽鳥一英（初出1966・1973）「川端康成と万物一如・輪廻転生思想」『日本文学研究資料叢書川端康成』有精堂p270
[6] 今村潤子（1991）「川端康成と仏教」『国文学　解釈と鑑賞』3月号p139
[7] 細川皓（初出1967・1973）「川端康成論──『伊豆の踊子』を手がかりに──」『日本文学研究資料叢書川端康成』有精堂p135

生思想」が生まれた。従って、「万物一如・輪廻転生」の観念は、少年時代の川端を救済するとともに、初期作品の「死生観」の特徴だとも言えよう。

では、「万物一如・輪廻転生思想」とは何か。それについて、羽鳥徹哉は「『万物一如』というのは、この宇宙のありとあらゆるものは、見かけは異なっていても、基本的には皆一つにつながっている考え方です。（中略）『万物一如』というのは空間的に見た言葉ですが、同じ事を時間的に見ると『輪廻転生』ということになります[8]」と説明している。

「中期」と呼ばれる昭和初期であるが、川端文学の表面的な装いが大きく変化している。川嶋至は『禽獣』について、「小鳥や犬たちの生命、また『女の生』さえも、人工的な愛玩動物と同次元におかれ、冷厳に見下されている[9]」とし、「初期に、生命の永遠性を希求したひたむきさは、虚無の淵に完全に没している[10]」と指摘している。一方、『水晶幻想』に見られる川端の関心も、人間としての生よりはるか以前の、生命発生の次元にまで遡らずにはいられないような「虚無の世界」にあるという[11]。このように、川嶋至は、川端文学の中期は「虚無主義」の時代だと見ている。

初期の「万物一如・輪廻転生思想」と中期の「虚無主義」との繋がりについて、羽鳥徹哉は「『万物一如』という考え方自体が、元々非現実的な考え方ですから、それ自体の中に虚無的にならざるを得ない要因がある」とあるように、川端文学の「虚無」が「万物一如」とは表裏一体となっていると指摘している[12]。

---

[8] 羽鳥徹哉（1997）「川端康成　その魂の軌跡」『国文学　解釈と鑑賞』4月号p19
[9] 川嶋至（1991）「川端康成の死生観」『国文学　解釈と鑑賞』3月号p50
[10] 川嶋至（1991）「川端康成の死生観」『国文学　解釈と鑑賞』3月号p50
[11] 川嶋至（1991）「川端康成の死生観」『国文学　解釈と鑑賞』3月号p50
[12] 羽鳥徹哉（1997）「川端康成　その魂の軌跡」『国文学　解釈と鑑賞』4月号p19

このように、川端文学の中期の「虚無」は、実は初期の「万物一如」と「仏教」と深く関わっていると言えよう。
　そして、初期の「万物一如・輪廻転生思想」、中期の「虚無」を経て、後期はどうなったか。川嶋至は下記のように論じている。

　　　昭和十年代以降、およそ三十年余の川端の後期には、戦中戦後の未曾有の混乱期がはさまるものの、その死生観にはいささかの変更もなかったとみてよい。虚無の埒外に芸術という絶対的価値を発見したからである。永遠に生命を失うことのない美の世界に身をゆだねることで、自身の芸術もまた永遠であることを希求したのである[13]。（下線部分は論者による。以下同じ。）

　引用の通り、後期の川端文学の「死生観」にはいささかの変更もなく、芸術の永遠性を目標に追求していると主張している。
　川嶋至の説では、「死生観」の探究から浮び上がってくる一つのポイントがある。それは、川端文学における生命と芸術の永遠性を希求した思想だという点である。しかし、「意志的な自裁[14]」を認めないと言われる川端は、なぜ「ガス自殺」で生命を絶つことにしたのか。この疑問を解明しない限り、本当に川嶋至が述べた「昭和十年代以降、川端康成の死生観にはいささかの変更もなかった」という説は納得しかねる。それ故、後期の時代背景に遡って探求する必要がある。当時は昭和十四年に始まった第二次世界大戦という大きな出来事がある。原善はこの戦争が川端文学に与え

---

[13] 川嶋至（1991）「川端康成の死生観」『国文学　解釈と鑑賞』3月号p51
[14] 川嶋至（1991）「川端康成の死生観」『国文学　解釈と鑑賞』3月号p51

た影響を以下のように指摘している。

　　半世紀にも及ぶ川端康成の文学は、敗戦を境にちょうど半期に分かれるのだが、その区分は便宜的なものではなく、そこでまさしく変貌を遂げた後期の文学を特徴付けるのが《魔界》なのである[15]。

　原善の指摘では、戦争の影響で生まれた川端文学の「魔界」の特徴こそ特筆すべきだという。この概念は常に「魔性」を持つ女性に繋がっていると理解されている。今村潤子[16]の説によると、この「魔界」の特徴は、初期の「万物一如・輪廻転生」と中期の「虚無」と「仏教」の三者にも係わりがある。さらに、戦後の「魔界」の思想は、一休の生き方によって生まれた思想で、川端の「生」に対する意識と深く繋がっている[17]。このように、川端は、一生をかけて、「生」と「死」の課題を解明しようとする作家だと窺われる。また、「仏教」との関連性だけではなく、「魔界」の概念が川端の孤児の境遇とも関連していることは、以下の引用から見られる。

　　まさしく＜感傷＞、センチメンタリズムを斥けようとするところから発現されていった＜魔界＞とは、その根を孤児的な境遇に降ろしたところから生まれているのだが、それは単にその不幸からの救われを求めているというレベルにとどまらず、所謂＜孤児根性＞という形でも、その孤児的境遇故の捩じれた＜少年＞時代に拘り続けた自らの感

---

[15]原善（1987）『川端康成の魔界』有精堂p2
[16]今村潤子（1991）「川端康成と仏教」『国文学　解釈と鑑賞』3月号p140
[17]今村潤子（1991）「川端康成と仏教」『国文学　解釈と鑑賞』3月号p141

傷的な在りようを脱却していこうとするレベルから発展的に生まれてきているものなのだ[18]。

　上述の如く、「魔界」とは初期の「万物一如・輪廻転生思想」と同様に、「孤児根性[19]」の救済から生まれた思想である。

　今まで見てきたように、戦前の「万物一如・輪廻転生」と戦後の「魔界」とも「孤児の感情」から生じた感傷の脱却と「仏教」から大きな影響を受けたという点は、川端文学における「死生観」で共通している特徴だと言える。もちろん、中期の「虚無」の特徴は、「万物一如・輪廻転生」の中に包含されている。

　しかし、今までの戦前「万物一如・輪廻転生思想」についての分析は、主に川端康成の生い立ちによって論述されたものが多く見られる。作品論も「空に動く灯火」と「抒情歌」との両作に集中している。一方、先行研究によって、戦前の「万物一如・輪廻転生思想」と戦後の「魔界」との間に、共通点が見られるが、両思想の相違点への究明はまだ十分だとは言えない。この点を解明しない限り、川端の「死生観」が判明したとは言い難い。それ故に、戦前の「万物一如・輪廻転生思想」と戦後の「魔界」に注意しつつ、川端の作品を実際に分析し、川端文学における「死生観」を深く探求することを本研究の課題としたのである。

三、研究内容及び研究方法

　戦争というふし目を考慮し、川端文学における「死生観」を戦前の「万物一如・輪廻転生」と戦後の「魔界」に分け、それぞれの作品を中心に探

---

[18]原善（1999）『川端康成　その遠近法』大修館p25
[19]孤児根性は、孤児の感情と同義的なものである。

求していくことにした。以下の四つのステップを踏まえた上で、研究対象とするものに作品論から作家論へとアプローチして行きたい。

1. 大正末期から戦前までの作品を対象にし、「死亡」のテーマはどのように表現されているのかを検証する。さらに、「万物一如・輪廻転生」の理念と対照しながら、戦前の川端文学における「死生観」を究明する。
2. 戦後の作品を対象にし、「死亡」のテーマはどのように表現されているのかを検証する。さらに、「魔界」の理念と対照しながら、戦後の川端文学における「死生観」を究める。
3. 第一点と第二点で得た結果から、「万物一如・輪廻転生」群と「魔界」群との共通点と相違点を対照、比較しながら、川端文学における「死生観」を概括的に見極める。
4. 最後は、前の三つのステップで判明したものを、さまざまな先行論究に照らし合わせながら、川端文学における「死生観」の全体像を総合的に把握する。さらに、それと作者川端とのかかわりを明らかにする。

四、研究価値及び今後の課題

　川端が女性を描く能力は他の男性作家に比べると、大変優れていると言われている。そのため、今までの川端文学の研究は主に作品における女性像を中心に探究したものが多いようである。しかし、女性像から浮び上がってくる「万物一如・輪廻転生」と「魔界」は、川端文学のもう一つの課題だと言える。誰でも一度は「死」を体験しなくてはならない。まして、戦争の体験を経て、作風に変貌が見られる川端文学であるため、「死生観」を抜きにしては、川端文学を語ることは出来ない。「死生観」の究明を中心とした本研究は、川端文学の研究の上では研究価値があることは否めない。

なお、今後の研究課題であるが、川端文学の研究成果を生かして、同じ新感覚派作家の横光利一文学における「死生観」と比較することを今後の課題としたい。微力ながら研究成果を活用して、台湾の人々に日本文学の真意を理解してもらえるよう、努力して参りたい。

テキスト
（1980－1982）『川端康成全集』全35巻新潮社

参考文献（年代順）
羽鳥一英（初出1966・1973）「川端康成と万物一如・輪廻転生思想」
　　　　『日本文学研究資料叢書川端康成』有精堂
細川皓（初出1967・1973）「川端康成論──『伊豆の踊子』を手がかり
　　　　に──」『日本文学研究資料叢書川端康成』有精堂
長谷川泉（初出1972・1973）「『千羽鶴』と『山の音』」
　　　　『日本文学研究資料叢書川端康成』有精堂
原善（1987）『川端康成の魔界』有精堂
川嶋至（1991）「川端康成の死生観」『国文学　解釈と鑑賞』3月号
今村潤子（1991）「川端康成と仏教」『国文学　解釈と鑑賞』3月号
羽鳥徹哉（1997）「川端康成　その魂の軌跡」『国文学　解釈と鑑賞』
　　　　4月号
原善（1999）『川端康成　その遠近法』大修館

B範例

　　以下範例B是為了取得撰寫碩士論文的資格，向學校提交的研究計畫書。之後該生依此方向撰寫了長達三〇三頁質量並重的碩士論文，接受論文口試，獲得審查老師一致的好評，順利取得碩士學位。目前覓得理想的日商公司的高薪工作。

漱石文学における「絵画」の意味
——第一の三部作『三四郎』、『それから』、『門』から見て——
林　慧雯

一、研究動機

　　漱石の「『三四郎』『それから』（明治四二）、『門』（明治四三）が三部作と呼ばれ、さらには『彼岸過迄』（明治四五）、『行人』（大正一一—二）、『こゝろ』（大正三）がしばしば第二の三部作といわれ」[1]ている。周知の通り、『三四郎』はいわゆる「教訓小説」[2]や「青春小説」[3]として、『それから』と『門』は「姦通文学」[4]や「純愛不倫文学」[5]とされている。従来の研究では恋愛の視点から解析したものはよく見られるが、橋本志保の指摘[6]を参考に、恋愛をキーワードとして第一の三部作を貫いて

---

[1] 高田瑞穂（1984）『夏目漱石論——漱石文学の今日的意義——』明治書院p185
[2] 秋山公男（1975、初出）「『三四郎』小考——「露悪家」美禰子とその結婚の意味——」玉井敬之・村田好哉編（1991）『漱石作品論集成　第五巻』桜楓社p115
[3] 角田旅人（1978、初出）「『三四郎』覚書——美禰子と三四郎——」玉井敬之・村田好哉編（1991）『漱石作品論集成　第五巻』桜楓社p135
[4] 大岡昇平（1984）「姦通の記号学——『それから』『門』をめぐって——」　相賀徹夫発行（1991）『群像　日本の作家1　夏目漱石』p48
[5] 相良英明（2006）『夏目漱石の純愛不倫文学』鶴見大学比較文化研究所p40

見ることが可能だとすると、「絵画」を共通的な視点として解読を試みることもありうるであろう。

　また、「絵画」の視点でこの三部作を解読しうることは先行論究からも示唆されている。芳賀徹が指摘したように、『三四郎』は「絵画小説と呼んでみてもよ」[7]く、「『三四郎』は洋画＝油絵小説なの」[8]である。『三四郎』はもちろん、『それから』と『門』に漂っている絵画的な雰囲気もある。『それから』の主人公代助は頭の中で想像したヴァルキイルの絵を注文し、兄の家の欄間に置いた。また作中に現われた青木繁の「わだつみのいろこの宮」[9]の意味も注目される。続いて、『門』における抱一の屏風絵も大切なモチーフだと思われる。この屏風は「過去の記憶のよみがえり」[10]という役目を果たし、「『門』のなかで酒井抱一の屏風絵は、確かにそのような宿命の紡ぎ手をしている」[11]と芳賀徹は指摘している。また、宗助家に正月を迎えるための墨画の梅も注目すべきである。要するに、本論では今までにない「絵画」を視点としてこの三部作を貫いて解読を試みたいのである。

---

[6] 「読みの多様性、複数の読みの可能性を探る行為だとしかいいようがない。何を中心化するのかで、読むたびに違う物語、異なる意味が産出されてしまうのが、『三四郎』というテクスト」であると指摘されている。　橋元志保（2005）「夏目漱石『三四郎』論──美禰子の像を中心に──」国学院大学大学院紀要──文学研究科──第三十七輯p206

[7] 芳賀徹（1990）『絵画の領分』朝日新聞社p374

[8] 芳賀徹（1990）『絵画の領分』朝日新聞社p374

[9] 作中は明らかに指名しないが、田中日佐夫がそれは青木繁の「わだつみのいろこの宮」だと推論した。田中日佐夫（1998）「『それから』に記述された画家と、表現上の視覚的イメージ操作について」　小森陽一・石原千秋（1998）『漱石研究』翰林書房p59

[10] 芳賀徹（1990）『絵画の領分』朝日新聞社p366

[11] 芳賀徹（1990）『絵画の領分』朝日新聞社p368

二、先行研究

まず、漱石文学における絵画については、芳賀徹が次のように指摘している。以下の引用の下線部分は、すべて筆者によるものである。

> この絵好き心は、同じく帰国後開始される創作活動と並行してつのり、漱石の本領たる「文学の領分」にも強く干渉し、深く浸透したあげく、ついに晩年には「文学の領分」を離れて一つ充実した<u>「絵画の領分」をつくるにまでいたった。──漱石における文学と絵画との接近と交錯の動き</u>はほぼそのようなものであったように、私には思われる。
>
> （前略）絵画は漱石の数多い作品をとおして随処に見えつかくれつ、はなはだ多様なあらわれかたをしている。（中略）具体的な細部として目につきやすい点からあげてゆけば、まず作中にいわば<u>『小道具』としてあつかわれている絵画がある</u>[12]。

以上の引用から見ると、漱石文学における絵画は確かに研究の視点の一つのみならず、作品中の「小道具」という役割をも果たしていることが分かる。芳賀徹は更に『三四郎』を「絵画小説」[13]だと見なしている。その他、熊坂敦子も奥野政元も高宮利行も『三四郎』における絵画についての指摘がある。『三四郎』を「絵画小説」として見た熊坂敦子の論点[14]は、

---

[12] 芳賀徹（1990）『絵画の領分』朝日新聞社p359-360
[13] 「『三四郎』は絵画小説と呼んでみてもよ」く、「『三四郎』は洋画＝油絵小説なの」であると指摘されている。　芳賀徹（1990）『絵画の領分』朝日新聞社p374
[14] 「『迷羊』に深くかかわる青春群像には、雲影、あるいは絵画的志向といった視覚的特色をもつ一面がある。それが「絵画小説」とも言われる評価とな」ると指摘されている。
熊坂敦子（1985）「『三四郎』と英国絵画」桜楓社p186

芳賀徹と一致しており、『三四郎』と絵画との繋がりが提起されている。

一方、『三四郎』のモチーフが絵画とも関わっていると、奥野政元は提起している。彼は、漱石のモチーフの根底にある原光景ともいうべき画像のモデルとして、青木繁の「わだつみのいろこの宮」を取り上げ、以下のように論説している。

　　しゃがむ男と立つ女、これがまず二人の出会いの最初の構図であるが、女は二人いて、一方は看護婦らしく白いものを身につけていることに注目するなら、これは青木の絵の上の下を逆にした構図そのままでもある。しかもその直前三四郎は池の面をみつめているのだが、その底には、大きな木が幾本となく映え、そのまた底に青空が見えると描写されていた。上下垂直構図の倒置を、あたかも漱石自身が解説しているかの如くである[15]。

引用の如く、三四郎がはじめて美禰子に出会う場面を、青木繁の「わだつみのいろこの宮」に対照してみると、確かに「上下垂直構図の倒置」が見られる。ところで、『三四郎』における「マーメイド」に潜んでいる「水の女」のモチーフについて、高宮利行は次のような説を展開している。

　　一八八〇年代後半以降のウォーターハウスは、（中略）神話伝説に登場する女、しかも男を誘う宿命の女を、同一のモデルを用いて繰り返し描いた。エレーン、シャロットの女、オフィーリア、マーメイ

---

[15] 奥野政元（1986）「『三四郎』ノート――青木繁『わだつみのいろこの宮』との関連をめぐって――」桜楓社p226

ドと、漱石が『韮露行』『草枕』『三四郎』の小説で言及した「水の女」について、ウォーターハウスはいずれも複数の油彩を残したが、いずれの絵画にも甘い憂愁と退廃、蠱惑の様相が描かれている。
　（中略）『マーメイド』の絵を示す美禰子は、人魚に自分を託して、三四郎を誘惑する水の女である[16]。

　高宮利行は芳賀徹、熊坂敦子の指摘[17]を踏まえ、作中の「マーメイド」の絵に触れ、「水の女」と美禰子との繋がりを見出している。
　一方、田中日佐夫は『それから』における画家たちの登場について、次のような分析を行っている。

　漱石はただ無意識に小説の筋の中に画家たちの名前を散りばめたのではなく、きわめて手のこんだ、状況に応じた登場を彼らにうながしていることが理解される[18]。

　田中日佐夫は『それから』に記述されている画家たちの青木繁、ウランギン、浅井忠、仇英、応挙の平生や画風を紹介した。登場した画家の役割について、上述した通りの結論を導き出している。
　続いて、芳賀徹も玉蟲敏子も『門』における屏風絵について指摘してい

---

[16] 高宮利行（1997）「『水の女』としての美禰子——『三四郎』におけるマーメイドを中心に——」「国文学解釈と教材42－6」p36-38
[17] 芳賀徹は『三四郎』における『マーメイド』とウォーターハウスによる『マーメイド』の類似性を指摘したが、熊坂敦子はその両者の類似性を認めながら、相違点も注目する。高宮利行は芳賀徹と熊坂敦子の指摘を踏み出して、漱石の参考した画作は一九〇一年の王立美術院第一三三回夏季展覧会の目録における黒白写真の『マーメイド』であることを指摘している。
[18] 田中日佐夫（1998）「『それから』に記述された画家と、表現上の視覚的イメージ操作について」翰林書房p66

る。芳賀徹はその屏風絵の役割については、以下のような論点を持っている。

　宗助とお米のこの夫婦愛の物語のなかで興味深いのは、江戸琳派の画人酒井抱一（一七六一〜一八二八）の屏風絵の演ずる役割である。それは（中略）いわば大道具風というか、小説の舞台の一つの背景となると同時に、その舞台廻しの役までも果たすのである[19]。

この屏風が宗助にとって、「過去の記憶のよみがえり」[20]という役目を果たし、「宗助夫婦の平凡な感情生活に珍しくいささかの起伏をよび起こしもするのであ」[21]り、「『門』のなかで酒井抱一の屏風絵は、たしかにそのような宿命の紡ぎ手をしている」[22]という結論が出されている。ところで、この抱一の屏風絵の真贋について、玉蟲敏子は次のように分析している。

　『門』の書かれたこの時期に市井に流通していた抱一や其一の一門のイメージを綯い交ぜにした、総体的な作風のものであったと見るべきだろう。（中略）抱一句・其一賛・抱一画の屏風が実在し、漱石がそれを用いたとするならば、真贋上はあまり期待できそうな出来映えのものではない、ということになる[23]。

---

[19] 芳賀徹（1990）『絵画の領分』朝日新聞社p363
[20] 芳賀徹（1990）『絵画の領分』朝日新聞社p366
[21] 芳賀徹（1990）『絵画の領分』朝日新聞社p367
[22] 芳賀徹（1990）『絵画の領分』朝日新聞社p368
[23] 玉蟲敏子（2004）「『虞美人草』と『門』の抱一屏風――明治後半の抱一受容の一断面――」翰林書房p93-94

玉蟲敏子は明治後半期における抱一受容について論説を展開している。玉蟲敏子は、『虞美人草』と『門』における屏風に対して、「非現実」と「現実」の雰囲気が漂っているという芳賀徹の指摘に次のように異議を出している。

　　これは『非現実』対『現実』云々ということよりも、むしろ明治四十年代という年代における抱一受容の複雑なあり様をそれぞれに表象しているところから来る違いのように思われる[24]。

　この三部作では、絵画は確かに作中に登場している。例えば『三四郎』における「マーメイド」も、『それから』における「わだつみのいろこの宮」も、『門』における抱一の屏風絵や梅の墨絵も具体例である。以上から見ると、『三四郎』についての先行研究は圧倒的に多いが、絵画がこの三部作に重要な役割を演じていることは否定できない存在だと思われる。本稿では、漱石の第一の三部作について「絵画」という共通項によって、作中における絵画の意味を明らかにしたいと思うのである。

三、研究内容及び研究方法

　本論では、漱石の第一の三部作といわれる『三四郎』、『それから』、『門』における「絵画」の意味に焦点を当てる。主に「絵画の場面」、「登場した画家」、「絵画のような場面」という三つの方向から三部作における絵画の意味の分析を試みたい。では、以下のステップを踏まえて、考察を進めていこうと思う。

---

[24] 玉蟲敏子（2004）「『虞美人草』と『門』の抱一屏風——明治後半の抱一受容の一断面——」翰林書房p90-91

1. まず、『三四郎』における絵画の場面を取り出し、「実在している画」の意味を分析してみたい。次は作中に登場した画家たちを「原口画工」と「実在している画家」に分け、彼らの役割を明らかにしたい。続いて作中に現われる絵画のような場面を取り上げ、「登場人物に対する描写」と「三四郎が物事に対する印象」と「雲についての描写」に分け、その意味を究明したい。なお、『三四郎』には画を描いている場面は二箇所[25]があるから、その画を描いている場面も分析してみたい。
2. 次に、『それから』における絵画の場面を取り出し、「代助が注文した画」と「実在している画」という二部分に分け、その絵画の意味を分析してみたい。その後、『それから』に登場した画家たちの役割を明らかにしたい。続いて『それから』に現われる絵画のような場面を取り上げ、「登場人物に対する描写」と「代助が見た景色」に分け、その意味を究明したい。
3. 更に、『門』における絵画の場面を取り出し、その絵画の意味を分析したい。そして、『門』に登場した画家たちの役割を明らかにしたい。続いて『門』に現われる絵画のような場面を取り上げ、「宗助が見た景色」と「宗助の記憶にある画」に分け、その意味を究明したい。
4. 最後に、前の三点の分析では明らかにしたところについて、「絵画」が『三四郎』、『それから』、『門』の三作においてそれぞれ持つ意味をどのように貫いているかを解明し、三部作を貫いている絵画の意味をまとめる。

---

[25] 『三四郎』における画を描いている場面は「よし子が水彩画を描いている場面」（p394-399）と「原口が美禰子の肖像画を描いている場面」（p541-552）との二つの場面が現われている。

四、研究価値及び今後の課題

　従来の研究では、恋愛や青春小説の観点から第一の三部作を探求した論説はよくあるが、「絵画」の視点から第一の三部作を通してまとめた論究はあまり見られないため、それを主眼とした本研究はそれなりの研究価値があると思われる。第一の三部作のみならず、第二の三部作『彼岸過迄』、『行人』、『こゝろ』、そして漱石の全集から絵画に関わっている部分を取り上げ、漱石自身の南画趣味と対照しながら、全般的に漱石文学における絵画の意味への探求を今後の課題としたい。

テキスト
夏目漱石（1994）『漱石全集』第五巻岩波書店
夏目漱石（1994）『漱石全集』第六巻岩波書店

参考文献（年代順）
秋山公男（1975、初出）「『三四郎』小考――「露悪家」美禰子とその結婚の意味――」玉井敬之・村田好哉編（1991）『漱石作品論集成』第五巻桜楓社
角田旅人（1978、初出）「『三四郎』覚書――美禰子と三四郎――」玉井敬之・村田好哉編（1991）『漱石作品論集成』第五巻桜楓社
大岡昇平（1984・1、初出）「姦通の記号学――『それから』『門』をめぐって――」相賀徹夫発行（1991）『群像日本の作家1 夏目漱石』小学館
高田瑞穂（1984・8）『夏目漱石論――漱石文学の今日的意義――』明治書院
熊坂敦子（1985、初出）「『三四郎』と英国絵画」玉井敬之・村田好哉編（1991）『漱石作品論集成』第五巻桜楓社

奥野政元（1986、初出）「『三四郎』ノート——青木繁「わだつみのいろこの宮」との関連をめぐって——」玉井敬之・村田好哉編（1991）『漱石作品論集成』第五巻桜楓社

芳賀徹（1990）『絵画の領分』朝日新聞社

高宮利行（1997）「『水の女』としての美禰子——『三四郎』におけるマーメイドを中心に——」『国文学解釈と教材の研究』42－6

田中日佐夫（1998）「『それから』に記述された画家と、表現上の視覚的イメージ操作について」小森陽一・石原千秋『漱石研究』第十号翰林書房

玉蟲敏子（2004）「『虞美人草』と『門』の抱一屏風——明治後半の抱一受容の一断面——」小森陽一・石原千秋『漱石研究』第十七号翰林書房

橋元志保（2005）「夏目漱石『三四郎』論——美禰子の像を中心に——」『国学院大学大学院紀要——文学研究科——』第三十七輯

相良英明（2006）『夏目漱石の純愛不倫文学』鶴見大学比較文化研究所

二、以完成的研究計畫書為原點，發展至論文目次

　　今天為什麼要寫研究計畫書？那是因為要完成某個階段的研究論文，所以最後的目的還是要交出一篇或一本完整的論文。如果是為了進研究所而撰寫的研究計畫書，沒有意外的話則會依此計畫書撰寫成一本碩士論文。那麼，接下來如何以研究計畫書為原點，發展成一本碩士論文呢？這就是重點。一本論文的結構，不外乎是由「序論」、「本論」、「結論」架構起來。為了方便理解，可以把它想像成由名為「序論」、「本論」、「結論」的三個箱子，堆砌成名為「一本書」的具有整體感的書架。就像是本書一直使用人體的結構，來比喻和強調有「頭、身體、腳」的連貫性，或是「起頭、實際內容、結尾」的完整性一樣。「序論」就相當於「頭」（起頭），而「本論」就相當於「身體」（實際內容），「結論」就是等於「腳」（結尾）。切記整篇一定要有連貫的整體性，此時就可以先考慮論文目次的編排，把「序論」、「本論」、「結論」串連起來。因為論文目次就像演出節目單一樣，先初步規劃一番，往後才會有依循的指標。

以完成的研究計畫書為原點，發展至論文目次：

論文目次標題	可以擺放的內容
序論	研究計畫書的第一點「研究動機」、第二點「先行研究」、第三點「研究內容與研究方法」的內容。
本論（不見得須列出此二字）	依循研究計畫書的第三點「研究內容與研究方法」所規劃的研究步驟，一一編入成為章節。內容為執行後的結果。
結論	各章節的結論以及研究計畫書第四點「研究價值（意義）與今後課題」。
參考資料	問卷內容、製作的跨頁圖表或數據、例句集等。沒有的話，不用列出。
引用範本	沒有的話，不用列出。

論文目次標題	可以擺放的內容
參考書目	按照一定的基準羅列。

　　以研究計畫書為原點，要發展成一本碩士論文時，可以先擬出論文目次，來確定方向。目次上標示「序論」的地方，可以擺放本書學習過的研究計畫書第一點「研究動機」、第二點「先行研究」、第三點「研究內容與研究方法」的內容。

　　其次，目次上雖然不見得一定要列出「本論」兩個字，但其內容建議依循研究計畫書的第三點「研究內容與研究方法」（請參閱第13課學習的內容）所規劃的研究步驟，一一編入成為論文的章節。例如可以將第一個步驟當作指標，所執行的內容規劃為第一章，再將第二個步驟當作指標，所執行的內容規劃為第二章，最後將第三個步驟當作指標，所執行的內容規劃為第三章，依序而下。如果一本論文只考慮安排一個章節，內容太過於薄弱貧瘠，再怎麼說也要二個章節才像樣，甚至要努力往三個章節思考較為恰當。三個章節以上的安排，當然也可以，只是須考量完成的期限、自己的能力為宜。常常見到學生一開始胸懷大志設想了好幾個章節，最後因為繳交期限快到了，發生因時間不夠而緊縮、刪減的窘境，所以量力而為才是上策。

　　而「結論」處，可以擺放各章節的結論以及研究計畫書第四點「研究價值（意義）與今後課題」。最後，不要忘了將「參考資料」、「引用範本」、「參考書目」也擺放進去，沒有的話就不用列出，不過一定得依循一定的基準將「參考書目」有順序地列出。如此一來，才算大功告成。

三、課堂上的發表資料（或學術研討會議上的口頭發表資料）的製作

　　有了目次的概念之後，應該不難了解一本論文是由複數的章節所組合而成。如果要單挑一個寫得不錯的章節，投稿並在學術研討會議上發表的話，就需要有技巧地轉換成該學術會議規定的分量（在台灣通常規定發表時間為20分、30字數×30行、8頁）。另外，大家都知道研究所的課程和大學課程最大的差異，是需要學生根據授課教授設定的授課內容，依分配或自己找題目上課發表。如何製作一份有脈絡可循的課堂發表資料，讓教授、同學能確實掌握發表者的想法，這就是一大挑戰。無論學術研討會議上的發表資料或是課堂上的發表資料，製作道理與概念其實是相同的，這跟一本論文書的目次編排理念也是相通的。

研究所課堂上的發表資料（或學術研討會議上的口頭發表資料）目次標題的設定：

一本論文的目次標題	研究所課堂上的發表資料（或是學術研討會議上的口頭發表資料）。
序論（相當於頭）	はじめに（研究動機、執行步驟）。
本論（相當於身體）	將執行步驟，一一編入成章節。內容為執行後的結果。
結論（相當於腳）	おわりに（各步驟執行後的結論以及「研究價值（意義）與今後課題」）。
參考資料	問卷內容、製作的跨頁圖表或數據、例句集等。沒有的話，不用列出。
引用範本	沒有的話，不用列出。
參考書目	按照一定的基準羅列。

研究所課堂上的發表資料，還是須符合本書一直強調的概念。該概念即是用人體的結構來比喻的「有頭、有身體、有腳」的連貫性，或是「起頭、實際內容、結尾」的完整性一樣。其中「序論」相當於「頭」（起頭），而「本論」相當於「身體」（實際內容），「結論」就等於「腳」（結尾）。切記整份發表資料一定要有連貫的整體性。

　　製作研究所課堂上的發表資料，可先於「はじめに」處，明示研究契機以及考察步驟，之後再以考察步驟設定章節，最後的「おわりに」處，明示本次的考察結果以及未完課題。

四、研究所課堂上的發表資料範例

　　下面的資料為碩士一年級學生於課堂時使用的發表資料，供作參考。發表資料的結構分為「1.はじめに」、「2.」、「3.」、「4.」、「5.おわりに」等五個節次，可以說是結構完整、緊密的發表資料。再者，寫作格式、引用範例、引用他人學說的格式，符合日文寫作文章的基本要求，讓閱讀者能一眼看出引用文與發表者文字的區別。且引用中文文獻之後，於該文獻後面標示自己將該文獻自中文翻譯成的日文文章，並用「筆者訳」的字樣，明示責任歸屬，可謂表現出研究本身的風範、精神。

村上春樹の『1Q84』に描かれた二つの世界について
——女主人公の青豆から見て——
淡江大学日本語文学科　修士課程一年
劉　　徳敏

1.はじめに

　　村上春樹の『1Q84』では女の主人公の青豆は、「1984」と「1Q84」との二つの世界という仮説[1]を出した。そして、所々二つの世界が混在した描写が

---

[1] 村上春樹（2009）『1Q84　BOOK 1』新潮社P202では「もちろんすべては仮説に過ぎない、（中略）今のところ、私にとってはもっとも強い説得力を持つ仮説だ。少なくとも、より強い説得力を持つ仮説が登場するまでは、この仮説に沿って行動する必要がありそうだ。私は今この「1Q84年」を身を置いている。私の知っていた1984年はもうどこにも存在しない。今は1Q84年だ」のような青豆が先に世界が二つに分かれた仮説を提出した描写がある。

見られ、作品の解読上、混乱[2]が生じやすい。よって、作品を読み解くために、この二つの世界を解明することが大事なポイントである。本稿では青豆の視点に立って、『1Q84』に描かれた二つの世界について検討する。

　分析の手順については、まず「1Q84」[3]に関連する四つの事件を中心に、その事件の存在する真否性を分析する。次に、青豆の遭遇とその記憶の信憑性を確かめる。最後に、青豆と男主人公の天吾との間に共通に見られる関連事件を通して、『1Q84』における「1984」と「1Q84」の二つの世界の意味への究明を試みる。村上春樹の『1Q84』における二つの世界の謎を解く一つの見方を提出したい。

2.「1Q84」に関連する事件

　「1Q84」に関連する事件は、四つほどある。以下逐次的に検討していく。

2.1. 事件その(一)──警官の制服、月面基地建設

　青豆が最初、警官の制服が違っていることに気づいたのは、油田専門家を殺す日に高速道路から非常階段を使って、地面に着いた時である。そこで青豆は現実（1984年）にいる警官と記憶中の警官とのイメージにずれがあり、さらに青豆は自分の記憶の警官のことを信じ、「1984」年の現実にいる警官を疑った。そのため、記憶とイメージに合わない警官のことが気

---

[2] 河出書房新社編集部・編（2009）『村上春樹『1Q84』をどう読むか』河出書房新社、P190では、清水良典が「「リトル・ピープル」とは何ものか」で「青豆は「1Q84年」の世界に入り込んだあと、月が二つあるのに気が付く。」との指摘がある。同書のP87にも鴻巣友季子は「何がではなく、どう書かれているのか？　見かけにだまされないように」で、「青豆と天吾はある時点でそっくりの身体感覚を体験している移送は「シンフォニエッタ」の冒頭を聞いたとき、（中略）天吾の移送が厳密にいつ始まったのか解らない（後略）」との議論がある。

[3] 参照村上春樹（2009）『1Q84　BOOK1』新潮社P194-202（青豆は警官の制服、月面基地の建設、本栖湖事件、NHK集金人事件のことを自分の記憶に残らないため、世界が「1984」を「1Q84」に取って代わった。筆者が整理したもの。）

になり、ホテルで酒を飲む時に、そこで出会った中年の男に尋ねた[4]。そこで、中年男とホテルのバーテンダーから警官の制服と拳銃が変わったのは2年前の春だと知った[5]。さらに、仕事先の知り合いのタマルと警察を仕事にしている友人のあゆみも同じようなこと[6]を青豆に教えたのである。このようなことから見ると、更に、警察の拳銃や制服が変わったことは「1984」年に確実にあることが判断できよう。これらの描写から、警官の制服が変わったことを知らない人は青豆一人だけであることが分かる。

　次に、月面基地の建設は青豆がホテルの部屋のテレビで聞いたニュースである。油田専門家を殺した青豆は、その死体が発見されたかどうかというニュースを気にかけて、月面基地の建設を知らなかったことを深く考えずに聞き流した[7]。さらに、新聞記事を調べる際に、再び月面基地建設の新聞を目にした青豆の、「月面基地建設？　そんな話は耳にしたこともない」（BOOK1・P189）と「このあいだのテレビのニュースで、何かそういうことを言っていたような気がする」（BOOK1・P189）という記憶の不確かな描写から、青豆は自分と直面しないことを聞き流す傾向があると窺える。また、テレビのニュースでも新聞の記事でも触れたため、月面基地建設は確かに「1984」年に既存した現実だと推測できよう。従って、青豆の記憶に関してはかなりの主観性があるとも見受けられる。

2.2.事件その(二)——本栖湖事件、NHK集金人事件

　青豆は周知の本栖湖事件を確認するため、図書館で新聞記事の縮版閲覧を借りて読んだ。また、新聞記事を読んでいるうちに、前述のように、月面基地の建設以外にも、青豆は記事に対して疑わしい姿勢を取った。以下

---

[4] 村上春樹（2009）『1Q84 BOOK1』P110-112を参照されたい。
[5] 村上春樹（2009）『1Q84 BOOK1』P110-112を参照されたい。
[6] 村上春樹（2009）『1Q84 BOOK1』（タマル）P162と（あゆみ）P250を参照されたい。
[7] 村上春樹（2009）『1Q84 BOOK1』P120を参照されたい。

は青豆の新聞記事に対する反応である。

引用①　九月二十日にはジャカルタで世界最大規模の凧揚げ大会が開催され、（中略）青豆は知らなかったが知らなくても特に不思議はない。（後略、BOOK1・P189）

引用②　十月十二日（中略）NHK集金人（56歳）が受信料の支払いを拒否した大学生と口論になり、鞄に入れて持ち歩いた出刃包丁で相手の腹を刺して重傷を負わせた。（中略）青豆はそんな事件が起こったことを知らなかった。(BOOK1・P190)

引用③　十月十九日（中略）山梨山中で過激派と銃撃戦　警官3人死亡（中略）どうしてそんな重大な、日本全体を揺るがせるような事件を私は見逃したのだろう。（BOOK1・P191-192)

引用④　NHK集金人が大学生を刺した事件だって、私は知らなかった。とても不思議だ。（BOOK1・P192）

　以上の引用は青豆が知らなかった記事である。しかし、青豆は凧揚げ大会については知らなくても不思議ではないが、NHK集金人事件と本栖湖事件を自分が知らないことに驚き、さらになぜ自分が知らないのかと疑問を投げかけた。このような新聞記事を読んだ反応では、青豆は気に入ったものだけを選択し、注意する傾向があると解釈できよう。そのほか、「その本栖湖の事件と、NHKの集金人の事件を別にすれば、青豆はその時期に起こったほかの出来ことや事件や事故を、どれもはっきり記憶していた。」（BOOK1・P193-194）と「私はなんといっても几帳面で注意深い人間だ。ほんの一ミリの誤差だって目に付く。記憶力にも自信がある。」（BOOK1・P192)との描写がからも、凧揚げ大会を知らなかった青豆との間に、明白に記憶の矛盾があると見られる。ここで、青豆の記憶の客観性

と信憑性を疑ってもよいであろう。さらに、テキストのBOOK1の第3章で描写されたように、記憶のカードが吹き飛ばされていることは青豆に不確かな記憶、曖昧、混乱がある理由であると見受けられる[8]。このようなことから青豆の自分の記憶に自信があるという説を覆すことができる。また、テレビニュースと新聞記事を通してわかるように、本栖湖事件とNHK集金人事件は「1984」年に確かに存在していたように見受けられる。

3.青豆の遭遇とその記憶の信憑性

　青豆は上述の四つの事件を知らなかったため、勝手に自分のいる「1984」世界を「1Q84」と名付けた。しかし、なぜ青豆は自分と関わりのある記事について記憶がないのであろうか。以下では、青豆の事件遭遇とその心理面から、その理由を検討する。下図は筆者が青豆の事件遭遇とその心理について整理したものである。

図1 青豆の事件遭遇と心理

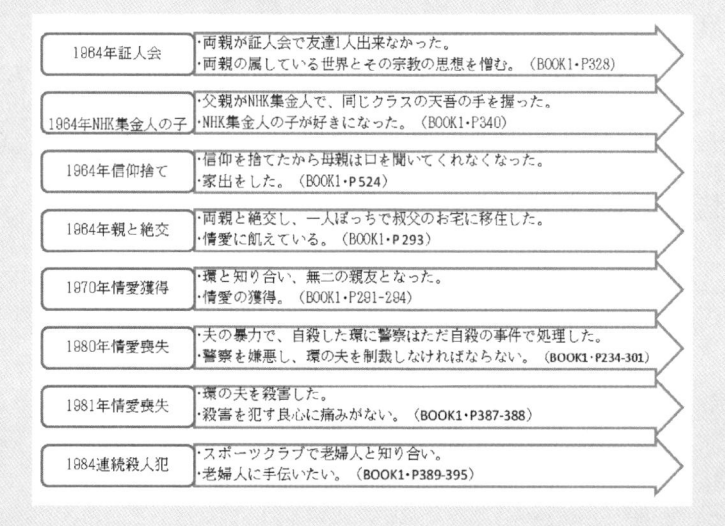

1984年証人会	・両親が証人会で友達1人出来なかった。 ・両親の属している世界とその宗教の思想を憎む。（BOOK1・P328）
1984年NHK集金人の子	・父親がNHK集金人で、同じクラスの天吾の手を握った。 ・NHK集金人の子が好きになった。（BOOK1・P340）
1984年信仰捨て	・信仰を捨てたから母親は口を聞いてくれなくなった。 ・家出をした。（BOOK1・P524）
1984年親と絶交	・両親と絶交し、一人ぼっちで叔父のお宅に移住した。 ・情愛に飢えている。（BOOK1・P293）
1970年情愛獲得	・環と知り合い、無二の親友となった。 ・情愛の獲得。（BOOK1・P281-284）
1980年情愛喪失	・夫の暴力で、自殺した環に警察はただ自殺の事件で処理した。 ・警察を嫌悪し、環の夫を制裁しなければならない。（BOOK1・P234-301）
1981年情愛喪失	・環の夫を殺害した。 ・殺害を犯す良心に痛みがない。（BOOK1・P387-388）
1984連続殺人犯	・スポーツクラブで老婦人と知り合い。 ・老婦人に手伝いたい。（BOOK1・P389-395）

（筆者作成）

---

[8] 村上春樹（2009）『1Q84 BOOK1』P59-60を参照されたい。

図1に示すように、子供の頃の青豆は両親が「証人会」の信者で、友達が一人も出来なかったため、その宗教の世界とその思想を恨んでいる。また、クラスでNHK集金人の子の天吾のことを好きになったが、その後、青豆は信仰を棄て、母親との関係が悪化し、家を出た。家を出た青豆は孤独で、愛情に飢えている時に大塚環と出会い、親友となった。この時の大塚環は、一人ぼっちで生きてきた青豆にとって、無二の親友という存在だけではなく、家族に近い存在であったとも言えよう。しかし、結婚後の環は、夫の絶え難い暴力で自殺してしまう。その死は、青豆にとっては大きな衝撃であった（食事、眠りさえもせず、ずっと家に閉じこもって、葬儀にも出なかった[9]）。さらに、青豆は環の死を自殺事件として処理した警察に不信と嫌悪感を持ったため、一年近くの時間をかけて綿密な殺害計画を立て、罪に問われなかった環の夫を殺害した。その後は、老婦人に雇われて殺し屋になった。ここで見られるのは青豆の心の中にある証人会による宗教への恨み、環の死による警察に対する嫌悪である。また上述の四つの事件は丁度、環が死んだ一年から二年のうちに起こったことで、家族のように思っていた環を失った青豆は周りのことに気を配らなかったことも容易に想像しうる。以上を踏まえて、青豆の事件遭遇とその記憶のない事件とを合わせて整理すると、以下の図2になる。

---

[9] 村上春樹（2009）『1Q84 BOOK1』P301を参照されたい。

図2青豆の心理と記憶のない事件との関係

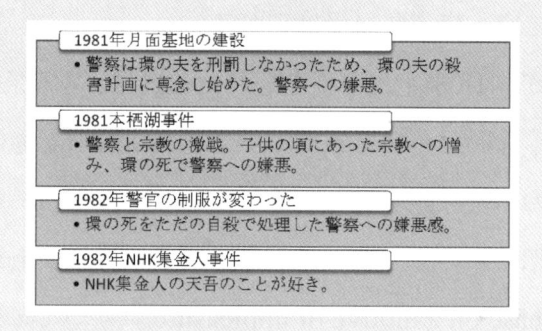

1981年月面基地の建設
・警察は環の夫を刑罰しなかったため、環の夫の殺害計画に専念し始めた。警察への嫌悪。
1981本栖湖事件
・警察と宗教の激戦。子供の頃にあった宗教への憎み、環の死で警察への嫌悪。
1982年警官の制服が変わった
・環の死をただの自殺で処理した警察への嫌悪感。
1982年NHK集金人事件
・NHK集金人の天吾のことが好き。

（筆者作成）

　図2から月面基地の建設の話題が起こった時期に、青豆は殺人の計画に専念していたため、月面基地のことに気を配らなかったことが分かる。また、前述のように青豆の記憶の信憑性に大きな問題があることは既に、記憶のカードが乱れている描写（BOOK1第3章）と凧揚げ大会を覚えていないこと（BOOK1第9章）でもすでに証明されている。また、殺人犯になった青豆は警察への嫌悪と自己保護のため警察への注意に挟まれ、故に警察に注意しようにも距離を保たなければならないことが推測できる。さらにこの警察への嫌悪表現は、青豆があゆみを友達として受け入れることができない場面からも見られる[10]。環に死なれた青豆は、友人としてのあゆみは別として、警察官であるあゆみを心底拒否している。これは自己保護の意識と言うよりも、むしろ警察への嫌悪の方が主である。

　また、警察の制服と拳銃は変わっている。制服の色と形、及び拳銃は一見同じように見えるが、よく見ると微妙に違っており、真正面から警察とすれ違ったことがないと、それに気付かないことも有りうる。そして、本

---

[10] 村上春樹（2009）『1Q84 BOOK1』P100-102を参照されたい。

栖湖事件からは青豆の子供の頃、宗教に苦い思い出があり、それが宗教への憎みに変わっていく様子が見受けられる。

　さらに、青豆がNHK集金人事件を忘れたことは、おそらく自分が愛した天吾を汚されたくないためであろう。つまり、青豆の記憶にないものの多くは、彼女自身の不快な経験とも関係しているのである。この不快な経験による記憶の忘却について、フロイトは「in every case the forget-ting turned out to be base on a motive of unpleasure.（すべての忘却には動機があり、それは不愉快な経験が原因である。筆者訳）[11]」と主張している。さらに台湾大学病院の精神科医の曾◯煌も、以下のように述べている。

引用⑤　一個人常把一些可能使自己覺得痛苦或難為情的想法・衝動或記憶，從意識之境界，經由不知不覺的過程中移防到潛意識之境界說是「遺忘」了，以免因為意識到而感到不舒服。（中略），即「抗阻作用」，以便保護自我[12]。（人間はよく自分に対する苦痛、または恥ずかしい考え、衝動、記憶などを意識の境から、無意識的（潜在意識）に移してしまい、そして「忘れた」と言う。それは、それを意識して不快を感じることがないようにするための抑圧で、「抑圧作用」と言うもので、（中略）即ち「阻害作用」であり、自己を保護するためのものである。筆者訳）

　以上の引用から分かるように、人間は、不愉快なことや恥ずかしい考えを、自己保護しようと本能的に無意識のうちに抑圧し、忘れようとする

---

[11] Sigmund Freud(1989・1965初)『The Psychopathology of Everyday Life』（Sigmund Freud作　Alan Tyson訳）W.W. Norton P179
[12] 曾◯煌（1995・1970初）『日常的心理分析』（林克明訳　フロイト作）志文出版社P2

ものである。従って、青豆は子供の頃の不愉快な経験により宗教を憎み、さらには環の死に直面したことで、警察への嫌悪が生じ、親友を失うという打撃を受けた。ゆえに警官制服、月面基地の建設、本栖湖事件、およびNHK集金人事件に対する記憶が失われたとも考えられる。よって、青豆の「1Q84」は実は青豆章の人物と共通な「1984」の世界で、同じ空間であることが明らかである。

4.天吾と青豆との共通な関連事件

　主人公天吾と青豆との間で関連している事件は、四つほどある。以下、逐次的に見ていく。

4.1本栖湖事件

　天吾は少女ふかえりの著作『空気さなぎ』を書き直す許可をもらうために、ふかえりと戎野先生に会いに行った時、戎野からふかえりの父親の深田保とは昔の親友だったことを知り、さらにふかえりの父親の深田保が『さきがけ』を創立した情報をも手に入れた。その戎野の話には「さきがけ？　と天吾が思った。名前には聞き覚えがある」（BOOK1・P225）という描写から、天吾の世界には『さきがけ』のことがあると分かる。また、『さきがけ』の分派による本栖湖事件で天吾、戎野とふかえりなどの人物は、同じ「1984」年の空間に存在していることが読み取れる。さらにこの周知の本栖湖事件を、青豆と天吾との存在する世界の空間の架け橋と見てもよかろう。いわゆる、『1Q84』における人物共通の現実の「1984」年にあったことである。このことから、青豆は小学校五年生の転校で天吾と分かれた[13]きりになり、大人になった2人は会ったことがなかったことがなくても、同じく現実の「1Q84」の世界にいることが推測できるだろう。

---

[13] 村上春樹（2009）『1Q84 BOOK1』 P340を参照されたい。（青豆は小学校の三、四年生の時に天吾と同じクラスだった。筆者が整理したもの。）

4.2.リトル・ピープルと空気さなぎと二つ月

　天吾がリトル・ピープルのことを知ったのは『さきがけ』から出た少女のふかえりによってである。一方、青豆は老婦人とリトル・ピープルを知ったのは同じく『さきがけ』から脱出した少女のつばさによってである。『さきがけ』は、「1984」の世界に実際にあるコミューンで、つばさとふかえりは同じく『さきがけ』から脱出した少女である。そして、『さきがけ』から出た二人ともリトル・ピープルのことを知っていることから、リトル・ピープルは「1984」の空間に存在している可能性が高い。さらに、このリトル・ピープルの実在について以下の描写がある。

引用⑥　（前略）最初にリトル・ピープルなるものを導き入れたのが私の娘だ。彼女はそのとき十歳だった。今では十七になっている。（後略、BOOK2・P276）

　このように、リトル・ピープルは既に1977年に現れてきた。このことからは天吾の「1984」と青豆の「1Q84」の世界（青豆が自分勝手に「1984」年のことを「1Q84」年と称する[14]）に実在していることを証明することが出来る。また、編集者の小松が天吾に『空気さなぎ』の「リトル・ピープルが空気さなぎを作り上げたとき、月が二つになる」（BOOK1・P309）の描写から、リトル・ピープルが空気さなぎを作り上げたとき、月は二つになることが分かる。さらに、つばさの口から出てきたリトル・ピープルが空気さなぎを作っていた場面にも同じような描写がある[15]。このように、二つの月は確かにリトル・ピープルが空気さなぎを作り上げたときのものである。

---

[14] 村上春樹（2009）『1Q84 BOOK1』P202を参照されたい。
[15] 村上春樹（2009）『1Q84 BOOK1』P447を参照されたい。

そして、青豆と天吾が見た二つの月は「空気さなぎ」が作り上げたしるしであり、我々の実生活のように、霊感がある人にしか見えないものだと考えてもよかろう。このように、『空気さなぎ』で語ったことは、実際に『さきがけ』の中の存在ではなく、「1984」年に現れた人物のいる世界だとも断言できよう。このことについては以下のような描写でも説明できる。

引用⑦ ふかえりは<u>彼女が体験した出来事を出来るだけ正確に、記録として書き残したのだ。その隠された秘密を世界に向けて広く開示するために。リトル・ピープルの存在を、彼らの為していることを多くの人々に知らせるために。</u>（BOOK2・P418）

　以上の引用から見ても分かるように、『空気さなぎ』が語っていることは確かに「1984」年に実際に起こった出来事であることが分かる。さらに、その「1984」年における人物たちの共通の世界だということも分かる。

5.おわりに

　以上の分析から、二つの世界を解明した結果を下記にまとめる。

　第一に、青豆の所謂「1Q84」の世界は実は「1984」年である。青豆は警官制服、月面基地の建設、本栖湖事件、NHK集金人事件について記憶がないため、自分の「1984」の世界を「1Q84」に変えた。このようなことは青豆の周りの人とテレビニュース、新聞記事などのことを通して、警官制服、月面基地の建設、本栖湖事件、NHK集金人事件は確かに1984年にあった事実であることがわかった。

　第二に、青豆の記憶にトラブルが生じる原因は、彼女自身に遭った不快な経験との関わりから、本能的に忘却するといった自己保護が作用した結果である。

さらに、青豆が自分の記憶に自信があることについては、記憶のカードの乱れの描写と凧揚げ大会の新聞記事を知らないことから、青豆の記憶はあまり信憑性がないことが分かった。また、青豆が勝手に「1984」の世界を「1Q84」と呼ぶ原因は、自己保護の警戒心によるものであることからも、その記憶が不確かになるのは確実である。

　第三に、本栖湖事件、『空気さなぎ』、リーダーなどのことを通して、『1Q84』における人物の共通する「1984」の世界には『さきがけ』というコミューンがあり、また『空気さなぎ』が語っているようなリトル・ピープル、空気さなぎ、盲目の山羊、二つの月があることが分かった。さらに、二つの月がリトル・ピープルは空気さなぎを作り上げた時の印で、霊感のある人にしか見えないものである。そして、「1Q84」の世界を図で、整理すると以下のようになる。

図3村上春樹の『1Q84』における世界

（過去・天吾と青豆23歳）1977年リトル・ピープルが『さきがけ』にやってきた。ふかえり脱出。（ふかえり、リーダー）	（過去・天吾と青豆27歳）1981年社会周知の本栖湖事件（1976年に『さきがけ』から分裂したコミューン『あけぼの』による）
『1Q84』における「1984」の世界	
（現在・天吾と青豆30歳）1984年青豆が勝手に1984の世界を「1Q84」と命名し、新しい世界だと妄想した。天吾はありのままである。	（現在・天吾と青豆30歳）1984年二人とも『さきがけ』から脱出した少女の口からリトル・ピープルのことを知る。二つ月を見た。（ふかえり、つばさ、リーダー、『空気さなぎ』）

（筆者作成）

　以上の図3の示すように「1984」の世界は、所謂パソコンのような、一つの空間として存在しているのである。その空間の中で別々の出来ことがあり、また青豆は記憶のトラブルで「1984」を「1Q84」と呼んだわけである。よって青豆の「1Q84」の世界は、実は「1984」年のことであることがここで判明した。それもまた、村上春樹の『1Q84』の世界である。

なお、今回の分析は村上春樹の『1Q84』を読む際に、謎解きとしての一つの見方を提供することが出来たと確信している。

テキスト
村上春樹（2009）『1Q84　BOOK1』新潮社
村上春樹（2009）『1Q84　BOOK2』新潮社

参考文献
脚注に示したとおり。

　　茲就上面課堂發表範例的結構一一說明。
　　「1.はじめに」須敘述本發表的動機與考察對象，以及想獲得的結論。上面範例「1.はじめに」的第一段落，詳述了設定該研究題目的契機，而第二段落則敘述考察的步驟與想獲得的結論。接下來的「2.」、「3.」、「4.」則為依據「1.はじめに」中設定的步驟，具體進行的考察內容與結果。為了讓結構清晰，「2.」中又細分出「2.1」與「2.2」。此二小項同為「2.」的分枝，合併後會成為整個「2.」的考察內容。而「4.」也是與「2.」相同，可細分成「4.1」與「4.2」的分枝，合併後會成為整個「4.」的考察內容。最後的「5.おわりに」為本篇考察後的結果，須與「1.はじめに」前後呼應，並再次確認「1.はじめに」中所提的研究動機、疑問，是否能在「5.おわりに」處找到答案、結論。如果「1.はじめに」與「5.おわりに」不能吻合的話，勢必要修改「1.はじめに」的內容。比方說在「1.はじめに」處，設定要前往南方尋寶，而「5.おわりに」處發現人已經來到東方。此時不是修改「5.おわりに」處的「東方」的方位，而是修正「1.はじめに」處的方位，將「南方」改為「東方」才是明智的做法。

接下來有需要補充說明的地方或必須交代的資料來源，上述範例的作者都會利用「脚注」方式標示，是非常專業的表現。而「5.おわりに」之後，也沒忘記交代「テキスト」、「参考文献」，這也是值得讚賞的地方。而「2.」、「3.」、「4.」的具體考察內容的節次，不僅能具體引用作品的原文並標明順序來客觀印證，導出結論，也會適時引用他人的學說，補充說明並交代資料來源出處，這點非常值得學習。另外遇到關係複雜、糾結、難以釐清之處，也能夠自己製作圖表清楚說明其間的來龍去脈，這一點技巧應該效法。整體而言，值得效法的諸多優點，皆可用於準備研究所課堂上或學術研討會上發表的資料。

　　上述範例展現的各項優點與精神，若能在現階段都學習到的話，會有很多好處。其一，課堂發表時，同學們與教授知道你要發表些什麼，可以針對發表內容，給予適當的建議。不會讓你花了不少時間準備的發表，下課鐘響就草草結束，而是能讓你聽取同學們的意見、吸取教授的建議，收穫良多，一次比一次進步。而且透過課堂上的熱烈討論，在眾人面前發表，相信對自己提出的意見，也能增加不少信心。如果不按照上述範例的格式呈現的話，課堂上的夥伴因為格式呈現的混亂，為了理解真正的用意，就得花了大半的時間，更別提進入發表內容的實質討論。如此一來，自己的成長當然會變遲緩，也會對自己的發表失去信心。

　　再者，若能領悟並身體力行上述範例展現的各項優點與精神，相信撰寫碩士論文，就不再是件可怕的事了，因為上述範例就可以當作論文的一章來考慮。由於整本碩士論文通常會考慮安排至少五章（含序論與結論），所以像上述範例一樣的東西，再多個四、五個，就可以彙整成一本論文了。不過，當然要呈現像上述範例一樣的正確格式（包含引用格式）、緊密的結構與具體的原文引用，以及對原文引用或他人論點客觀的論述等，因為這些都是加分的要項。能撰寫到如此程度，當然會獲得各方極高的評價。只要有心，絕對可以辦到的。請試著做看看，給自己一次成長機會，後勢必定看漲！

參考文獻

1. 斉藤孝（1977初・1988）『増補学術論文の技法』日本エディタースクール出版部
2. 本多勝一（1982）『日本語の作文技術』朝日新聞社
3. 佐々木仁子・松本紀子(1990初・1993)『日本語能力試験対策日本語総まとめ問題集』アスク講談社
4. 木下是雄（1994初・1998）『レポートの組み立て方』筑摩書房
5. 花井等・若松篤（1997）『論文の書き方マニュアル』有斐閣
6. 浜田麻里・平尾得子・由井紀久子（1997初・2003）『論文ワークブック』くろしお出版
7. 砂川由里子・駒田聡・下田見津子・鈴木睦・筒井佐代・蓮沼昭子・ベケシュアンドレイ・森本順子（1998）『日本語文型辞典』くろしお出版
8. 高橋順一・渡辺文夫・大渕憲一編著（1998初・1999）『人間科学研究法ハンドブック』ナカニシヤ
9. 二通信子・佐藤不二子（2000）『留学生のための理論的な文章の書き方』スリーエーネットワーク
10. 中村明（2002）『文章作法入門』筑摩書房
11. アカデミック・ジャパニーズ研究会編著（2004）『論文作成學日語』大新書局
12. 二通信子・大島弥生・佐藤勢紀子・因京子・山本冨美子（2009）『留学生と日本人学生のためのレポート・論文表現ハンドブック』東京大学出版会

附帶聲明：
　　本書中節錄的所有學生的作業範例，皆徵得當事人的同意。在此一併致上深深的謝意。

國家圖書館出版品預行編目資料

日文論文寫作寶典 初級 / 曾秋桂、落合由治著
--修訂二版-- 臺北市：瑞蘭國際，2025.08
248面；19 x 26公分 --（日語學習系列；84）
ISBN：978-626-7629-85-7（平裝）
1. CST：日語 2. CST：論文寫作法

803.17　　　　　　　　　　　　　114010898

日語學習系列 84

日文論文寫作寶典　初級

作者｜曾秋桂、落合由治
責任編輯｜葉仲芸、王愿琦
校對｜曾秋桂、落合由治、葉仲芸、王愿琦、こんどうともこ

封面設計｜劉麗雪
版型設計｜張芝瑜
內文排版｜許巧琳

瑞蘭國際出版

董事長｜張暖彗・社長兼總編輯｜王愿琦
編輯部
副總編輯｜葉仲芸・主編｜潘治婷・文字編輯｜劉欣平
設計部主任｜陳如琪
業務部
經理｜楊米琪・主任｜林湲洵・組長｜張毓庭

出版社｜瑞蘭國際有限公司・地址｜台北市大安區安和路一段104號7樓之1
電話｜(02)2700-4625・傳真｜(02)2700-4622・訂購專線｜(02)2700-4625
劃撥帳號｜19914152 瑞蘭國際有限公司
瑞蘭國際網路書城｜www.genki-japan.com.tw

法律顧問｜海灣國際法律事務所　呂錦峯律師

總經銷｜聯合發行股份有限公司・電話｜(02)2917-8022、2917-8042
傳真｜(02)2915-6275、2915-7212・印刷｜科億印刷股份有限公司
出版日期｜2025年08月初版1刷・定價｜480元・ISBN｜978-626-7629-85-7

◎版權所有・翻印必究
◎本書如有缺頁、破損、裝訂錯誤，請寄回本公司更換
PRINTED WITH SOY INK　本書採用環保大豆油墨印製

瑞蘭國際

瑞蘭國際

瑞蘭國際

瑞蘭國際